ぼくたち、
ばかっぷるじゃなくて、
へんたいかっぷるですもの。

多《た》摩《ま》湖《こ》さんと黄《か》鶏《しわ》くん

入間人間

イラスト／左

「暑いねぇ」

「そッスねー」

「じゃあ脱いだらいいのに」

「うん……」

「でもさぁ、ただ脱いでも面白くないからさぁ」

「面白くないから？」

「やっぱ脱衣ポーカーに行き着いちゃうなぁ」

『多摩湖さんと脱衣ポーカー』──11

「予定変更。今日は黄鶏君とのお楽しみ会になりました」

「はあ」

「これね、自作トランプなの」

「ふむふむ？」

「昨日徹夜して作ってきた」

「ん？　何ですか、このトランプ」

「キスババ抜きをしよう！」

「…………は？」

『多摩湖さんとキスババ抜き』――71

『多摩湖さんと歳並べ』――125
「ぬふっふ、じゃあ歳並べ開始ね」

「その歳並べってなんなんですか？」

「この一歳から十二歳までの写真を、七並べみたいに正確に並べる。これが歳並べよ」

「……ええっと、多摩湖さんの写真を一歳から順番に、ってことですか？」

「そうそう」

「あの、多摩湖さん。一枚足りない」

「ん？」

「トランプに見立てるなら、写真が足りないです。十二枚しかない」

「…………………………さぁ早速
デュエル的なアレの開始よ！」

『たまこいこい』

177
「カードゲームしようぜ！」

「おぉおう！」

「オットセイの真似？」

「違いますよ！」

「だってこれ、カードゲーム研究会の合宿だし」

「花札？……けどこれ、柄が」

「ふっふっふ、自作だよん。三ヶ月ぐらいかかったかな」

「いやそんな暇あるなら、
その分俺と会おうよ！……みたいな！」

「君と会う時間を削ったのではなく、
睡眠時間と授業を受ける時間を注いだのだよ！

さ、ゲームしましょ」

「この『物語』は、俺が歩き出す物語……かも知れない」

「急になに言ってるの？　つーか今歩いてるよ」

「いやそうあることを願っている。どこへ歩き出すかは
俺にも分からないけれど」

「おーい？　また妄想に邁進中？」

「ただ一つ確かなことは、多摩湖さんと一緒に歩いていくということだけだ」

「……妄想中の方が台詞は格好いいかも知れませんなぁ」

「よし、ナレーション終わり。さてそろそろ多摩湖さんとラブらないと」

「えー、街中でー？　バカップルみたいじゃん」

「そうですねー。俺たち普通のカップルだし、わははは」

「いいからほら、さっさと評判の洋菓子屋行くよ」

「あれ、今日の放課後の活動は？」

「だからケーキを食べに行くことだって」

「あの、俺たちカードゲーム研究会なんですけど」

エピローグ『多摩湖さんと』――233

多摩湖《たまこ》さん

この世に生を受けた理由が『素敵な先輩、もしくはおねえさんの立場を務める為』と言わんばかりにおねえさんキャラである、パーフェクトなお方。黄鶏くんより二つ年上だが、なぜか下級生。抱擁感溢れる口元、おねえさんの素質十分な、落ち着いた目元、『出るトコだけ主張し、残りは控えめ』という塩梅が完璧な体型。流れる汗さえも、ただ拭き取られるだけでは勿体なく思えるほどなのです。

黄鶏《かしわ》くん

多摩湖さんと二ヶ月前から付き合っている、至って平凡な高校生。付き合っているにもかかわらず、電話も週一ぐらいだし、学校に通う時もペアルックは不可能（当たり前だ）。未だにお互い、下の名前では呼び合わないし手を握ったことさえない。本当に付き合っているのか？ あ、説明文が少ないのは男キャラだからです。

多《た》摩《ま》湖《こ》さんと黄《か》鶏《しわ》くん

入間人間

イラスト／左

デザイン／カマベヨシヒコ(ZEN)

『多摩湖さんと脱衣ポーカー』

エネルギー0。

タンパク質《しつ》0。

脂質《ししつ》0。

炭水化物0、と書いてあった。

こんなもん、飲む意味があるのか？　と緑茶のペットボトルを光にかざしながら思った。

だけどふと、美術準備室で隣《となり》に座っている多摩湖《たまこ》さんを見やって、彼女が窓からの光に包まれながらペットボトルを傾《かたむ》け、中身の天然水的な液体を飲み干す姿を一部始終眺《なが》めると、ああ、価値あるわとその光景に容易《たやす》く説得されてしまった。と、その多摩湖さんが俺の視線に気づく。

「どしたの？　もう飲んじゃったよ」

空のペットボトルの先端《せんたん》を俺の口もとに傾けてくる。俺はそのペットボトルから目の焦点《しょうてん》をずらして、曖昧《あいまい》に笑う。肌《はだ》を蠢《うごめ》かせると、滲《にじ》んでいた汗《あせ》が伝うのを感じてむず痒《がゆ》くなる。

「多摩湖さんは社会にとって便利すぎるなーって」

「何よそれ」

多摩湖さんは頬《ほお》の肉が溶《と》けたように笑《え》みをこぼし、また手もとの本に視線を下《と》ろす。動作の度《たび》に、藍色《あいいろ》の混じったような長髪《ちょうはつ》が肩《かた》から流れて、夜風が吹《ふ》いたような冷涼《れいりょう》と静寂《せいじゃく》を錯覚《さっかく》させる。

俺は自分の読んでいた漫画《まんが》から目を逸《そ》らし、そっと、多摩湖さんの横顔を盗《ぬす》み見る。

如何《いか》にも年上な、包容《ほうよう》感溢《あふ》れる口もと。如何にも大人のおねえさんの素質十分な、落ち着いた目もと。如何にも良い成長期を過ごしてきたと思《おぼ》しきその『出るトコだけ主張し、残りは控《ひか》えめ』という塩梅《あんばい》が完璧《かんぺき》な体型。流れる汗さえも、ただ拭《ふ》き取られるだけでは勿体《もったい》なく思えるほどだ。この世に生を受けた理由が『素敵《すてき》な先輩《せんぱい》、もしくはおねえさんの立場を務める為《ため》』と言わんばかりにおねえさんキャラである、パーフェクトな多摩湖さん。

俺はそんな多摩湖さんと二ヶ月前から付きあっている。だが真《まこと》に残念なことにバカップルではない。電話も週一ぐらいだし、学校に通うときもペアルックは不可能（当たり前だ）。未《いま》だにお互《たが》い、下の名前では呼びあわないし手を握《にぎ》ったことさえない。本当に付きあっているのか？

しかも多摩湖さんは俺より二つ年上だが、下級生だ。高校に入ったら同級生だったことに驚《おどろ》き、しかも一年後に学年を追い抜《ぬ》いたことにも呆《あき》れた。現在は誕生日《たんじょうび》を迎《むか》えて、十九歳《さい》の高校一年生なのである。恐《おそ》らく学年最年長の生徒だろう。

このままだと、成人式に学校の制服で出席出来ることになる。高校二年生の俺にとって年上ではあるけど学年が下で、だから呼び方に悩《なや》み結局、同学年の生徒みたいにさん付けで呼ぶことで落ち着いている。違和《いわ》感が酷《ひど》いけど。

だけど多摩湖さんは可愛《かわい》いので、取り巻く色々な問題など俺にとっては何も気にならない。

バカップル違《ちが》うよ。

今日は一学期の期末試験期間が終わってから数日後の放課後。梅雨《つゆ》明け直後から早速《さっそく》、記録的な温度の真夏日が到来《とうらい》していた。廊下《ろうか》を歩く足音は既《すで》に聞こえないが、遠くから音楽部の活動や、美術部の生徒が大声で雑談を交《か》わしている様子が耳を介《かい》して伝わってくる。

俺と多摩湖《たまこ》さんは、誰《だれ》も使わず物置《ものおき》と化している美術準備室という小さな部屋で、卒業生が残した得体の知れない美術作品と、古臭《くさ》い粘土《ねんど》の臭《にお》いに包まれながら読書に耽《ふけ》っていた。

俺たちはこの美術準備室を中心に活動する『カードゲーム研究会』の会員二名である。無論ながら学校側《がわ》には非公式。放課後にお金がなくて退屈《たいくつ》なとき、学校で過ごせるようにと多摩湖さんがこの準備室を発見したとき（ついでに部屋の鍵《かぎ》を職員室から盗《ぬす》んできたとき）、偶々《たまたま》持っていたのが『世界のカードゲームの遊び方』だったからこの集《つど》いをそう命名した。

研究会といっても、活動にカードゲームが含《ふく》まれる機会は非常に少ない。休日ともなれば映画を見に行ったり、多摩湖さんに連れていかれた謎《なぞ》のマッサージ屋で骨をこの世のものと思えない音で鳴らされたりして、むしろカードの関係あるときの方が珍《めずら》しいぐらいだった。

準備室にはトランプ、花札《はなふだ》、UNO、それとタロットカードが一応、用意されてはいる。手垢《てあか》がついているのはトランプぐらいだけど。研究の成果はまるで挙がっていない。

今のところ、この準備室は小粋《こいき》には程遠《ほどとお》いけど二人でダラダラする為《ため》の空間、といったところだ。

「「うー……」」

エアコンの稼働《かどう》音を真似《まね》るように、俺と多摩湖さんが揃《そろ》って鳴く。嫌《いや》なデュエットである。

俺や多摩湖さんは学校側にとって帰宅部所属の生徒でしかない。だから見回りで発見されないように、戸を閉め切っているわけだが……暑すぎる。体感温度では四十度超《こ》えているだろう。

窓は開けると蟬《せみ》がうるさすぎて多摩湖さんが発狂《はっきょう》するので、閉めっぱなし。

しかも今日の多摩湖さんは何をとち狂《くる》っているのか、夏服（なぜか学校の昔の制服を着ている。たまに着てくるけどどうしてだろう）の上からモコモコに様々な衣服を着こんで、首には薄手《うすで》のマフラー、頭にはニット地の帽子《ぼうし》を被《かぶ》り、手袋《てぶくろ》装備に加えて普段《ふだん》はかけていない眼鏡まで鼻の上に載《の》せていた。着膨《きぶく》れしすぎて、抱《だ》き枕《まくら》多摩湖さん（小売価格：誰が売るか！）といった風情《ふぜい》を醸《かも》している。

中身である本人は熱によって朦朧《もうろう》とした頭と目を左右に転がすように振《ふ》りながら、暴雨より流れいく汗《あせ》をハンカチ（本日四枚目）で拭《ぬぐ》って今も耐《た》え忍《しの》んでいる。

先程《さきほど》、脈絡《みゃくらく》なく『みーんみーん、いやいや似てない、ぶぅいーん、ぶぅいーん、いやいやなんか変、うぅむぃーん、うぅむぃーん』と外から入ってくる蟬の鳴き声の真似を追求し始めていたから、限界は近いだろう。

羊毛を刈《か》る人たちに遭遇《そうぐう》しないことを祈《いの》るばかりのそのモコモコ具合について、初見時の感想として『我慢《がまん》大会の練習？』と尋《たず》ねたが、多摩湖さんは不敵に笑うばかりだった。

「黄鶏《かしわ》君」

その多摩湖《たまこ》さんが俺の名字を口にする。字面《じづら》の所為《せい》か、周囲に勝手に広まった俺のあだ名は『チキン』だった。不本意だが、名字故《ゆえ》に親に文句をぶつけることも叶《かな》わない。

「はい？」

「暑いねぇ」

「そッスねー」

「暑いー」と多摩湖さんがだれる。机に上半身を預けて、うだーと、とろけるチーズみたいにへばりつく。

「じゃあ脱《ぬ》いだらいいのに」俺は至極《しごく》もっともな意見を口にしてみる。

「うん……」

多摩湖さんが机に突《つ》っ伏《ぷ》して、顔を二《に》の腕《うで》にくっつけたまま、長髪《ちょうはつ》に紛《まぎ》れたその右眼球で俺を見据《す》える。茹《う》だるような熱気の影響《えいきょう》か半眼《はんがん》となり、夢見心地《ごこち》のような目つきになっていた。

「服を脱ぐ……ということで脱衣《だつい》ポーカーでもする？」

「……しません。普通《ふつう》に脱ぎなさい」

俺は多摩湖さんが昨日、某《ぼう》スタンド漫画《まんが》の二十三巻を読んでいたことを知っていた。そして今、明らかに脳みそが常温の場所で保管されていないことも理解している。

よって今の発言を真《ま》に受けて『だだだだだだつ、だつい？　脱臼《だっきゅう》ポーカーの間違《まちが》いじゃなくて？』なんて猛暑《もうしょ》で気が触《ふ》れたような反応を見せると、こっちが恥《はじ》をかくだけだきっとそうだ。

今の多摩湖さんは限りなく酔《よ》っぱらい的なのだ。……でも、脱衣ポーカー。マジか。夢ゲームじゃないか。冷静に考えると『是非《ぜひ》やりましょう』がベストアンサーじゃないか。

でも俺と多摩湖さんはバカップルじゃないからなぁ、そこが踏《ふ》ん切《ぎ》りつけられない悩《なや》みどころだ。俺はまだ多摩湖さんの水着姿さえ拝んだことがないんだぞ。

「でもさぁ、ただ脱いでも面白《おもしろ》くないからさぁ」

「いや俺は十分に堪能《たんのう》出来そうだけど」

「何か言った？」

「いーえ何にも」

「で、面白くないからさぁ」

「はいはい面白くないから？」

「やっぱ脱衣ポーカーに行き着いちゃうなぁ」

多摩湖さんの目が、髪《かみ》の奥で歪曲《わいきょく》する。品良くいやらしく笑っておられるのだ。

どうやってだ、と俺は漫画を扇子《せんす》代わりに、口もとを覆《おお》うようにしながら嘆《なげ》く。脱衣ポーカーって、ようは野《や》球拳《きゅうけん》みたいなものだよな。

「そんなにしたいですか脱衣ポーカー」

普通、提案する性別が逆ではないですか。でも俺が脱衣ポーカーを多摩湖さんに迫《せま》ったらまごうことなきセクハラだしなぁ、合法の線を守るなら相手から提案して貰《もら》うしかないのか。

「是非《ぜひ》とも」多摩湖《たまこ》さんは『当然よ』とばかりに柔《やわ》らかく微笑《ほほえ》む。

俺は多摩湖さんが昨日、某《ぼう》短編集の武装ポーカーを読んでいたことを知っていた。

そして今更《いまさら》ながら、多摩湖さんが脱衣《だつい》ポーカーなる遊戯《ゆうぎ》をマジで提唱していることを知って、場違《ばちが》いかつキ○○○な服装の理由を察する。

「ひょっとして今日はその脱衣ポーカーやる為《ため》にそんだけ色々着こんできたとか？」

「如何《いか》にも！」

とびきりの、年長者笑顔《えがお》で爽《さわ》やかに俺の推察《すいさつ》を肯定《こうてい》した。滴《したた》る汗《あせ》がスポ根ものチックに輝《かがや》きを増す一方で、俺の頭蓋骨《ずがいこつ》は痺《しび》れに苛《さいな》まれていた。

薄々《うすうす》感づいてはいたけど、多摩湖さんって、馬鹿《ばか》？

いや、世間公認《こうにん》のお馬鹿さんだから、三度の留年を経験するんだろうけど……。

うちの高校の留年は三年が限界だから、もう後がないぞ多摩湖さん。

その知的な顔立ちという造形が、如何に内面を物語っていないかを悟《さと》る。

「大体何なんですか脱衣ポーカーって」

「いやだからチップの代わりに脱《ぬ》いだ服を上乗せしていくの。単純じゃん」

「それ、俺が不利じゃん」

「黄鶏《かしわ》君は今まで涼《すず》しげな格好して有利だったじゃないかー！」

え、勝手に厚着して来ていることの正当性を訴《うった》えてきている。熱で脳がピーパッパ状態なのか、目を回したままハイなテンションを維持《いじ》する多摩湖さんは木製の背もたれもない椅子《いす》から飛び上がり、「はいはいはい!」と手をパムパム叩《たた》きながら準備室の中を歩き回る。

「おおうそうだ、トランプの用意」やるべきことをようやく思いだしたらしい。ずったずったと、踵《かかと》を踏《ふ》んだ状態の上履《うわば》きを間抜《まぬ》けに鳴らしながら多摩湖さんが準備室の木製の戸《と》棚《だな》に飛びつく。戸棚に収められていた美術教本は全《すべ》て撤去《てっきょ》されて部屋の隅《すみ》に置かれ、代わりに多摩湖さんや俺の持ち寄った本類、そしてトランプ類が収納されていた。汚《よご》れて薄曇《うすぐも》りになっている硝子《ガラ》《ス》の戸を開いて、多摩湖さんがトランプを取りだす。ああ、あれでやるのか……カードが何枚か日に焼けて、裏面が黄色く変色しているんだよなぁ、あれ。

「って、ホントにやるのかよ!」

なんでこんなにやりたがってるんだろう。もしかして思いつきを試《ため》したいだけかな、大体普《ふ》段《だん》通りに。

「もっちろん! 今日はこれ以外、なーんの楽しみもないと信じて生活してきたもの!」

どんな素敵《すてき》に我が道を行き過ぎな思い込みなんですか、それ。

多摩湖さんがパイプ椅子を「ずざざー!」と駆《か》け足《あし》で押して、俺と対面する位置まで持っていく。そして表面がべたべたと粘《ねば》ついたテーブルを挟《はさ》んで、対峙《たいじ》する。

既《すで》に多摩湖さんの顔は蒸気の臨界点を迎《むか》えて、放《ほう》っておけば熱射病となって不戦勝でも拾えそうになっている。だって頰《ほお》が赤いのに目の下は青いんだもの。

それでもご機嫌《きげん》にカードをシャッフルし始めながら、多摩湖《たまこ》さんがニッコリと微笑《ほほえ》む。その笑顔は、小学生の頃《ころ》から俺に向けるものと変わりなくて……だから、こう、堪《たま》らないのだ。

「ちゃんと考えてきた特殊《とくしゅ》ルールもあるから心して聞いてね」

多摩湖さん曰《いわ》く、「徹夜《てつや》で考えたのむっはー！」だそうで。

「……はぁ」

外見はあくまで呆《あき》れながらを装《よそお》って格好つけてしまう。だけど目立った拒絶《きょぜつ》の意志は表に出さずに、脱衣《だつい》ポーカーが始まるのを、固唾《かたず》を呑《の》んで待ち侘《わ》びている。

これが俺の譲歩《じょうほ》出来る、欲望の露出《ろしゅつ》の限界だった。

自意識過剰《かじょう》な高校生に、これ以上の喜びようを期待するのは酷《こく》というものだ。

しかし内心、諸手《もろて》を上げている自分がいるのも事実で。

むしろ踊《おど》っていた。降って湧《わ》いた幸運に対して、地方の伝統にありそうな何とか祭りを皆《みな》さん（全員、俺の仮面をつけて）踊り狂《くる》っている。動画を倍速再生しているような機敏《きびん》さだった。

「気味悪ぃ……」かけがえありすぎな俺である。

……ということで、今日の放課後は脱衣ポーカーで盛り上がることにした。

こんな一言で片付けていいものだろうか、この事態。

桃《もも》色のフォントで勇ましく胸の中を踊る『負けられねぇ』の文字を逞《たくま》しく感じると同時に、ちょっと泣きそうになっている自分もその隣《となり》にいるのであった。

「じゃあ、ルール説明するわね」

多摩湖さんと初めて出会ったのは、俺が小学校四年生のときだった。

当時、多摩湖さんは小学六年生。だけど最初、子供会で見かけたときは中学生じゃないのかと見間違《まちが》えるほど、俺の目には大人びて映った。案の定、後日見たときの赤いランドセル姿は似合わなかった。ついでに言うと、黄色い帽子《ぼうし》もアンバランスで、そちらは何処《どこ》か可愛《かわい》らしかった。

当時は背丈《せたけ》の差も相まって、萎縮《いしゅく》するばかりだったけど。

多摩湖さんはその年に、地方から引っ越《こ》してきたらしい。俺の家とは自転車で十五分の距離《きょり》。コンビニより遠く、本屋より近い。学区は一緒《いっしょ》で、通う小学校も同じだった。ただ学年が二つ違うし、家も微妙《びみょう》な距離感を伴《ともな》っていて、顔を合わせること自体が稀《まれ》だった。

子供会の関係で公民館に集《つど》って、そこで一緒に卓球《たっきゅう》したのが、多摩湖さんと遊んだ唯一《ゆいいつ》の記憶《おく》になっていた。

この高校に入学して、一年生の教室で再会するまでは。

憧《あこが》れのおねえさんの眼差《まなざ》しや物腰《ものごし》そのままに、多摩湖さんは悠然《ゆうぜん》と教室の椅子《いす》に座っていた。先に相手の顔に気づいたのは俺だが、声をかけたのは多摩湖さんだった。俺は最初、その女の子は多摩湖さんによく似た妹とか誰《だれ》かで、まさか本人だとは思いもよらなかった。

そして多摩湖《たまこ》さんが俺のことを覚えていたのにも、驚《おどろ》きが連続していた。教室一緒《いっしょ》何故《なぜ》ですかとカタコトに質問する俺に対し、色々あって二回留年した、と多摩湖さんは穏《おだ》やかに身の上を説明してくれた。説明になっていないが、俺は当初から、深く追及《ついきゅう》する気がなかった。その時点では、深入りする意味を見出《みいだ》せなかっただけだ。

そして同じ教室で一年間を過ごして……気づけば多摩湖さんはまた留年を重ねていた。本人は「あれれー？」と某《ぼう》少年名探偵《めいたんてい》風に首を傾《かし》げていたが、俺は呆《あき》れて物も言えなかった。

多摩湖さんは嫌《いや》なことがあると、すぐに逃避《とうひ》というか旅に出る癖《くせ》がある。一年間でそれを知った。しかも垣根《かきね》の越《こ》え方《かた》が凄《すご》い。『登校中、飛んできた蟬《せみ》が顔に張りついた』の時点で放浪《ほうろう》決定である。そうして数日間帰らずを繰《く》り返し、出席日数不足による留年を重ねてきたのだ。

多摩湖さん曰《いわ》く旅に出る癖は『高校入ってから身に付いた』そうだ。

しかし俺は多摩湖さんのその過去に対してまったく興味がなく、こうして今、二人で楽しく過ごせればそれで十分なのであった。

だってその過去がなければ、俺は多摩湖さんと再会して付きあうことにならないのだから。

……さて。

最初に確認《かくにん》したところ、多摩湖さんは下着含めて十六枚、俺は靴下《くつした》含めて五枚。これが初期チップだ。チップは支払《はら》うときに無論、脱《ぬ》いでテーブルに置く。

「基本は普通《ふつう》に遊んできたポーカーね。五枚手札《ふく》を取って交換《こうかん》してー、のアレ」

「交換出来る回数は？」

「お互《たが》いに一回ずつ」

「なるほど」

そして互いの手札を場に出して……って、ちょっと待て。

「勝ち取った服はどうするつもりで？」

「勿論《もちろん》着るのよ」

「え、あの、多摩湖さんの制服……ぶっちゃけ」下着も、と口にしかけたが俺は現実から逃避した。「スカートも？」「いえーい、黄鶏君美人《かしわ》」多摩湖さんの手の中でジョーカーが笑う。

じゃねえよ。

俺↓多摩湖さんはいい。だが多摩湖さん↓俺の装着は頂けない。それは犯罪です。

その姿を教師に目撃《もくげき》されたら俺だけ停学を味わいかねない。脱衣《だつい》ポーカーの件を口にすれば多摩湖さんも停学……どころかいい加減自主退学に追いこまれそうだな、この人。

服を着てもヤバイ、服を脱がされてもヤバイ。袋小路《ふくろこうじ》のようなポーカーだ。しかも、勝ち取った服を着こむということは、この準備室でユデダコか焼けた餅《もち》みたいになっている多摩湖さんと、同状態に俺が陥《おちい》る可能性もあるってことだ。

カードを混ぜ終えた多摩湖さんが、重ねたそれをズイッと俺の前へ差し出す。

「イカサマがないかチェックしていいわよ」

「いや別にいーっすわ。多摩湖《たまこ》さん信じてるし」

「しーなーさーいー！」

ムーッと唇《くちびる》を曲げて、駄々《だだ》っ子《こ》に『ごっこ』を要求される。せっかくさらりと良いこと言ったのに。俺はカードを半分取り、下半分を持ち上げてその上に載《の》せる。多摩湖さんご満悦《まんえつ》。

そしてカードを一枚ずつ、自分と俺に交互《こうご》に配りながら多摩湖さんが説明を始める。

「これは特別ルール」

ピッと、裏面を見せたカードを人差し指代わりに立てて、多摩湖さんが自信満々に言う。

「この脱衣《だつい》ポーカーでは服の代わりに、自分の秘密を賭《か》けることも出来るの」

「……それはどういう意味で？」微妙《びみょう》に嫌《いや》な予感がした。

「私も黄鶏《かしわ》君も、相手に秘密にしていることがきっとあるの。その白状を、服の代わりに賭けることが出来るわ」

熱気に埋《うず》もれそうになりながらも、ニヤニヤとびきり楽しそうな笑顔《えがお》を崩《くず》さず見せつけてくる多摩湖さん。その顔が確信犯すぎるので、思わず頭の中の文章をそのまま口にしてしまう。

「ひょっとして、俺に多摩湖さんへの内緒《ないしょ》を大暴露《ばくろ》大会させる為《ため》にこのゲームを？」

「いやいや、黄鶏君を脱《ぬ》がしてみたいだけ。あーれーお戯《たわむ》れをーって」

あんたはお殿様《とのさま》ですか。配役交代しろ（この発言は熱の所為《せい》です）。

多摩湖さんはへらへら笑っている。怪《あや》しいのに嘘《うそ》をついている顔ではないと思わせる、不思議な塩梅《あんばい》であった。

俺は先程《さきほど》から美術部の喧噪《けんそう》や、音楽室からの演奏が遠退《とおの》いていることに気づく。それなのに何かが空から流れ落ちるような、蟬《せみ》の鳴き声だけは何処《どこ》にも逃《に》げようとしない。

二週間前、準備室の窓を開けていたら蟬が入りこんできて多摩湖さんが『いーざスースーメーヤー！ ヤーヤーヤー！』と一方的な死闘《しとう》を繰《く》り広げていた様を、ふと思い返す。

「でもなんで脱衣ゲーム？ そこだけが理解出来ない」

多摩湖さんが読んだ漫画《まんが》の影響《えいきょう》でポーカーをやりたがっているのは分かるけど。そして恐《おそ》らく、それが動機の全《すべ》てであることに薄々《うすうす》気づいてはいるけど。

「え、」と多摩湖さんの目が泳ぐ。挙動不審《ふしん》な態度。ただそれは裏を探《さぐ》られると困る、といった狼狽《ろうばい》ではなく『思いつきだからそんなに深く突《つ》っこまれても困っちゃう』な困惑《こんわく》だと、俺は多摩湖さんを観察してきた経験から察した。多摩湖さんの提案はいつも突発的《とっぱつ》だし。

この間は旅に付きあえって、午前一時に電話で誘《さそ》われたしなぁ。

「え、なんていうかー……そう！ 黄鶏君と私の付きあい方は、熟練度《じゅくれん》が不足している気がするの」

「熟練度って……」つまり今は称号《しょうごう》が『付きあい始め』で、第二段階の『青臭《あおくさ》いカップル』でも目指そうぜってことだろうか。その架《か》け橋《はし》が脱衣ポーカーってどんな経験値の積み方だよ。

大人の階段っていうか崖《がけ》じゃん、登ってるの。しかも行き先が自殺の名所とかっぽい。

多摩湖《たまこ》さんは目を洗濯機《せんたく》のように回し、汗《あせ》を締《し》まりきらない蛇口《じゃぐち》のように垂《た》れ流しながらも、口と舌を扇風機《せんぷう》のように回転させる。

「つまり親睦《しんぼく》会的な効果を狙《ねら》っての脱衣《だつい》なのよ」

「いわゆる、裸《はだか》の付きあいってやつですね！」俺は身を机に乗りだして何を言っているのだ。

「そうそう！」

わははは、と意気投合した笑い声をあげて盛り上がる。

お互《たが》いに、自分の発言に対して五秒後ぐらいに後悔《こうかい》が押し寄せた。

無言のままゲームの参加料として差しだしたチップは左足の靴下《くつした》。多摩湖さんは右ソックス。

多摩湖さんは右の裸足《はだし》を掲《かか》げてその指先を俺に見せつけながら、ご不満を述べてくる。

「黄鶏《かしわ》君せこい」

「多摩湖さんもだよ」

「卵が先か、鶏《にわとり》が先か……」

哲学的《てつがく》なことを述べた雰囲気《ふんいき》を出してごまかしにかかってきた。今の言葉は多摩湖さんが日《ひ》頃《ごろ》からよく口にしていて、恐《おそ》らく自分と俺の名字について面白《おもしろ》がっているだけだろう。

手札を見る。

俺に配られたカードはダイヤの8、J《ジャック》、2、スペードの6にハートの5。手役なし、ブタだ。

ダイヤを二枚揃《そろ》えてフラッシュでも狙《ねら》いたいところだけど、そう上手《うま》くいくかな。

どっちにしてもダイヤ以外の二枚を交換《こうかん》すればいいのか……降りるという選択肢《せんたくし》もあるけど、ここは冷静にチップ数を考えてみよう。多摩湖さんが参考にしているポーカーは、魂《たましい》とか賭《か》けたりするアレだろう。となればゲームから降りなければチップが最低三枚必要ということだ。俺も多摩湖さんの参考文献《ぶんけん》から引用してみた。そして俺のチップ（衣服）は五枚。ゲームに一度負ければ、引き延ばしても三回戦以降は全裸《ぜんら》の上に秘密暴露《ばくろ》というトラウマゲームが待ち受けている。今か次、どちらかで絶対に勝たなければいけない。

手札を睨《にら》みながら、思考が渦《うず》を巻く。このゲームを降りて次で勝負するか、それとも続行か。ああ、くそ。蟬《せみ》がうるさい。注意力が熱気と垂《た》れる汗にもぶちゃぶちゃと、足下《あしもと》を奪《うば》われる。

「いいカードがいったのかな？」

「そんな顔に見えます？」

「お、ポーカーフェイス。私も表に出さないように頰肉《ほおにく》引き締めないと」

チップ数で圧倒《あっとう》的有利にある多摩湖さんだが、その声色《こわいろ》とは裏腹に、顔には余裕《よゆう》がない。夏場の脱衣ポーカーは、富める者さえその暑さに追い詰《つ》められるのだ。

「さぁ、ゲームの時間だ」

「それ、なんか少年漫画《まんが》雑誌で聞いたことあるフレーズですね」

「ふふふ。黄鶏君に、脱衣ポーカーの心理戦ってやつを教えてあげる」

不敵に微笑《ほほえ》みながら、多摩湖さんが自分の服装を確かめるように一瞥《いちべつ》する。それから、

「カードチェンジ、私からでいい？」

「いいですよ」多摩湖《たまこ》さんに対する言葉は、偶《たま》に丁寧《ていねい》語が混じる。

「じゃ、私は二枚チェンジ。コールよコール！」

「よく分からないけど取《と》り敢《あ》えず言ってるでしょ、そのコールって」

俺も全く詳《くわ》しくないけどさ。

五枚のカードの中央とその隣《となり》にある二枚をピッと、テーブル中央に指で弾《はじ》く。このポーカーでは、その破棄《はき》したカードが何であったか公開されないようだ。一対一だし毎回カードシャッフルするだろうから、情報としてそれほど重要ではないのだけど。あ、でもダイヤのカードが捨ててあったら、今の俺の場合は参考になるか。

「あれ、多摩湖さんのチップは？」

ズバリ、俺の予想では左のソックス。そして受け立つ俺も靴下《くつした》の残り。

「あ、それなんだけど」多摩湖さん、心なしか熱による赤み差しを増す。ソックスを脱《ぬ》ぐことを恥《は》じている様子ではない。鼻の上や、眉間《みけん》付近まで羞恥《しゅうち》の赤が灯《とも》る。

『もう、ほんと仕方のないコだ』と大人のおねえさんが困り果てながらも、後輩《こうはい》の無茶なお願いを渋々《しぶしぶ》受け入れたときのような、目を瞑《つぶ》りがちの表情で多摩湖さんが席を立つ。

「黄鶏《かしわ》君、ちょっとそのまま、正面向いていてね」

「……？」多摩湖さんが手札を机に置いて、準備室の入り口の方へ歩きだす。目で追いかけようとしたら「正面よろしく!」と首の向きについて必死な指示を出された。なんだなんだ、と仕方なくテーブルと無人の椅子《いす》相手に睨《にら》めっこを展開する。「イカサマとかしないように」一応、そんな釘《くぎ》を刺《さ》してみる。

「しないってば。んと……モコモコで、難しい……」何か、準備室の入り口付近から音が聞こえてくる。衣擦《きぬず》れのような艶《なま》めかしい音も混じっていて、首の固定が甘くなりそうになる。

「振り向いたら黄鶏君を絞《し》める」

「それは名前的な意味で？」

「カシワ的な意味で」

く、食われる。多摩湖さんの体内で血肉となって駆《か》け巡《めぐ》る想像をして、吐《は》き気《け》を催《もよお》しながら待った。やがて、もぞもぞが終わる。

「お待たせ！」

意気揚々《ようよう》と小走りで、机を回りこむ多摩湖さんの持ち物に、度肝《どぎも》を抜《ぬ》かれる。釣《つ》り師《し》が『大物だー！』と自慢《じまん》の獲物《えもの》を片手にぶら下げて海から凱旋《がいせん》するように、多摩湖さんの手に握《にぎ》られていたのは主に胸部を保護する女性用下着だった。……薄《うす》緑だった。

俺は視力が標準以下であることをこんなに呪《のろ》った日はない。細部まで眺《なが》められないぞ！

いやそんなことに憤《いきどお》っている場合じゃなくて、この人の行動についていけない。

「私はチップとしてこのブラを賭《か》けるゼ」

(二つの意味で)なんかイッチャッテル多摩湖《たまこ》さん。ぱさりと靴下《くつした》の上に下着を落として、胸《むな》もとを腕《うで》で隠《かく》すように覆《おお》いながら、椅子《いす》に座り直す。置かれた手札を拾い上げて、多摩湖さんは俺の狼狽《ろうばい》を面白《おもしろ》がるように口端《こうたん》を歪《ゆが》める。そして俺の手の内を探《さぐ》るような上目遣《うわめづか》い。

「下着、って……って！」こっちは手札など見ている場合ではない。

何という欲望に直結した心理戦を展開してくるんだ。恐《おそ》るべし多摩湖さん。ていうか多摩湖さんの下着、下着の多摩湖さん。しかも今まで身に着けていた下着。目玉がゴロゴロする。

美術準備室の、隠居《いんきょ》して枯《か》れたお爺《じい》さんみたいな風情《ふぜい》のテーブルに、靴下二つと下着が一つ重なって置かれている構図は、猛暑《もうしょ》によって生まれた陽炎《かげろう》より実体の伴《ともな》わない風景だ。

多摩湖さんが背景に背負う窓を貫《つらぬ》き、じりじりとした光が俺の眼球と思考を焼く。

ここで勝てば、多摩湖さんの下着を戦利品として……いやいやいや！　待たれぃ！

この勝負に、勝ったら、俺はこいつを、何処《どこ》に、装着しろって、言うんだ。

何処に着けても下着泥棒と変質者の二択《にたく》しか存在しないじゃないか！　お腰《こし》に着けたキビ団子の代わりに下着を差しだしても、犬《いぬ》、猿《さる》、雉《きじ》は俺を桃太郎《ももたろう》さんと認めてはくれまい。

頭がピーチ野郎《やろう》とは認識《にんしき》されるかも知れないが。

「ふっふっふ。勝てるかな、黄鶏《かしわ》君。それともフォルトかね」

多摩湖さんが脚《あし》でも組んで机に載《の》せかねない勢いで勝ち誇《ほこ》ってくる。これが脱衣《だつい》ポーカーの心理戦だ、とばかりに。確かに、これは思い悩《なや》む。負ければ失うばかりだが、勝っても俺は大

事なものを失いかねない。というか脱衣《だつい》ポーカーでは女性の方が武器多くないか。

さすがに一晩考えただけあって、このポーカーを熟知《じゅくち》している。多摩湖《たまこ》さんのことだから
ポーカーに備えて、下着も二、三枚は常備している可能性だってあるぐらいだ。

この脱衣ポーカーは普通《ふつう》と違《ちが》う価値観でチップを賭《か》けるゲームなのだろう。チップが皆《みな》同じ
規格というわけじゃない。眼鏡とスカートじゃあ相手に渡《わた》る意味が違う。

こうなってはこちらも、下着を脱《ぬ》ぎ捨てて机に……難しいぞ、それは。

とかく羞恥《しゅうち》心《しん》が邪魔《じゃま》をしてしまうのだ。

どうする、ここは諦《あきら》めてゲームを降りるか？

いや駄目《だめ》だ、ここで退いても次のゲームでもう一度、下着を出されるに決まっている！

俺はここでこの試練を乗り越《こ》えるのだ！

「俺は引かないぞ！」

「えー！」

「勝ってその温《ぬく》もりを直《じか》に感じてやる！」

熱血漫画《まんが》の宣言風に勢いで発言の問題部分を有耶無耶《うやむや》にしてみようと試みた。

「黄鶏《かしわ》君が壊《こわ》れがち！」

無理でした。多摩湖さんどん引き。秘密を賭ける以前からエライ心理を暴露《ばくろ》してしまった。

恥隠《はじかく》しに勢い良く右靴下《くつした》を脱ぎ、チップとしてテーブルへ。「そしてカードを二枚チェンジ！」

スペードの6とハートの5を弾《はじ》き出し、ドロー！ と内心で叫《さけ》びながら二枚のカードを中央の山より引く。とんがれ、とんがれ！ ってそりゃブラックジャックだったか？ と雑念に気を取られながら手に取ったカードを戦々恐々《せんせんきょうきょう》、確かめる。ダイヤのA《エース》に……ハートのJ《ジャック》。

出来た役はJのワンペアだった。色が同じ赤なので、どうにかこのハートをダイヤに偽装《ぎそう》出来ないものかと知恵熱《ちえねつ》気味の頭を振《ふ》り絞《しぼ》って手札と睨《にら》めっこしたが、時間の無駄《むだ》と悟《さと》った。

ここは多摩湖さんの心理の流れを推察《すいさつ》するべきだ、ポーカーらしく。

今の多摩湖さんの表情からそれを読み取っても『あついよー』ぐらいしか出てきそうにないので、ここまでの行動から考えてみよう。

まず人柄《ひとがら》を考慮《こうりよ》して、自分の下着が俺の方へ流れるのを甘んじて受け入れる多摩湖さんじゃないだろう……多分。今はこの熱気の所為《せい》で脳みそのネジ具合が心配なのは唯一《ゆいいつ》の気がかりだが、それはさておき。

つまり多摩湖さんが下着を賭けるということは、手札が余程《よほど》良かったか、それとも俺をゲームから降ろさせる作戦のどちらかだ。そして多摩湖さんは手札を二枚交換《こうかん》した。初期の手札で残したのは三枚だから、その時点でスリーカードは成立していた可能性がある。

だが、カードをチェンジする際の捨て方が妙《みよう》だった。多摩湖さんはカードを中央と、その隣《となり》から一枚捨てている。人間は麻雀《マージャン》然《しか》りトランプゲーム然り、手札や手牌《てはい》を綺麗《きれい》に揃《そろ》える癖《くせ》がある。多摩湖さんの最初の手札でスリーカードが成立しているなら、右か左を始めとして真ん中、三枚目までは揃《そろ》えてカードを持つのではないだろうか。だとするなら真ん中を捨てることは、スリーカードの不成立を意味する、と思う。

俺の手札の場合は数字じゃなくてスーツで分類して、ダイヤが左側《がわ》から揃っている。意識していないのにこうなっているのだから、多摩湖《たまこ》さんも恐《おそ》らく手癖《てくせ》でそうしているはずだ。

多摩湖さんの捨て方的にワンペアだろうか。そこに二枚入ったことで、手札がどう変化しているか。ワンペアが既《すで》に成立しているならブタではないわけで、そうなると俺の勝率は高くない。いや、こちらはJのワンペアだから、Q《クイーン》、K《キング》、A以外のワンペアには負けないわけで……ああ、悩《なや》ましい。多摩湖さんが俺を急《せ》かさずに、ジッと双眸《そうぼう》を向けてきているのも、意味深だ。

もし手の内が読めたとしても、ワンペアで勝負に出るのは……くそ、視界の端《はし》に下着がちらつく。摑《つか》み取り大会だったらなぁ、と趣旨《しゅし》の外れた悔《く》やみ方《かた》で目を血走らせる。

ポーカーの経験が不足しているから、これが正しいか不明瞭《ふめいりょう》だけど。

「……このゲームは降ります」

手札を放《ほう》って、フォルトを宣言。多摩湖さんは「嘘《うそ》つき。引いたじゃない」と揶揄《やゆ》するようにほくそ笑《え》む。ただその前にホッと息を吐《は》いていたから、やはり役が良いわけではなかったのだろう。

「次で勝負することにしたんだ」

「ふうん。まいっか。いえー、勝った勝った」虚《うつ》ろな調子で喜んでいる。

「多摩湖さんの手は？」

「ブタさん」

「は？」

俺の虚《きょ》を突《つ》かれた顔が面白《おもしろ》かったのか、多摩湖さんが含《ふく》み笑《わら》いをこぼす。

「ストレートフラッシュ狙《ねら》ってたんだけど、残念」

俺の投げ出したカードを、渦巻《うずま》きのように回収して山になっていた札と一緒《いっしょ》に混ぜ直す。今の発言の真偽《しんぎ》を覗《のぞ》かせないように、柔《やわ》らかい微笑《びしょう》を維持《いじ》しながら、手だけが動く。

くそっ、多摩湖さんのペースになっている。というか薄《うす》緑の下着に敗北した。下着と靴下《くつした》は多摩湖さんに回収されて、俺の足の風通しが良くなり、指だけが歓喜《かんき》する。

ここで降りずに敗北していたら、チップ（衣服）は更《さら》にもう一枚奪《うば》われていた。そうなると次のゲーム、俺は本当の素《す》っ裸《ぱだか》になってその上で秘密を賭《か》けなければ参加出来ない。その時点で、暴《あば》かれる箇所《かしょ》とかそういう問題ではなくなり、俺の生涯《しょうがい》の恥《はじ》は加速度的に増殖《ぞうしょく》していくことになる。

次のゲームには必ず勝たなければいけない。……待てよ、本当にそうか？　俺が負けたら、魔《ま》界《かい》村に出かける人みたいに、パンツ一丁で、一丁で、一丁で……おや？

「さぁネクストゲームよ黄鶏君《かしわ》」

多摩湖さんが切ったカードを配りだす。ちなみに今、多摩湖さんは「めんどい」と服の上からブラを着けて、靴下《くつした》は手袋《てぶくろ》に重ねて両手にはめている。

一人だけ上下や常識や重力に逆らったようなファッションになっていた。

俺はその格好に対抗《たいこう》するわけじゃないが、ゲームの参加料として賭《か》けるチップの為《ため》に、制服のカッターシャツを脱《ぬ》ぐ。これにより上半身は包み隠《かく》さず素肌《すはだ》を晒《さら》すことになる。多摩湖《たまこ》さんは俺の裸《はだか》を見てボッと、元から頬《ほお》や耳についていた焚《た》き火《び》のような火照《ほて》りを一層、活性化させてくる。ああ、そういえば裸を見るのは初めてか。

あまり意識していないけど、女の子も男の裸体《らたい》を見たら恥《は》ずかしいものだろうか。

「……へ、変態だー」多摩湖さんがぼそぼそと、伏《ふ》せがちの目で俺を不当に評価してくる。

それでも視線は俺から完全に外れていないのが、妙《みょう》に気恥ずかしいのも事実だが。

「いやいや、そのバルタン星人が地球に適応しすぎて変質者になったような格好の人に言われたくないから」

「こういう人はたくさんいるもの」

「いねーよ！　あんた地球に住んでないのか！」

「む……相容《い》れないならこの勝負で雌雄《しゆう》を決するしかないようね」

「なんて不毛な争いなんだ……」

「卵が先か鶏《にわとり》が先か、勝負よ！」

だから、その切った見得《みえ》の意味が分からないって。

多摩湖さんがカードを配り終える。俺は嘆《なげ》きながら手札を開いた。

俺の手札はクラブとハートのA《エース》、ダイヤの7と5にハートのQ《クイーン》。ワンペアは確定だ。

参加料のチップとして多摩湖さんは右手の靴下を（着けているとカードが持ちづらいようだ）、俺はさっき脱いだカッターシャツを賭《か》ける。多摩湖さんは若干《じゃっかん》赤面したまま、カードを一枚だけ放す。

そして先程《さきほど》同様、婦女子の胸当てをチップに利用してくる。自分の下着を差しだすことには恥じないのに、男の裸を見ると目を伏《ふ》せてしまうというのも不思議な羞恥心《しゅうちしん》をお持ちだ。

「じゃあ俺ですね」手もとのカードから考えて、ここはA二枚とQ一枚を残して、二枚交換《こうかん》か。俺に降りるという選択肢《せんたくし》が除外されている以上、今回のゲームには駆《か》け引《ひ》きが存在しない。降りるとしたら多摩湖さん側《がわ》だけど、その様子もないようだった。

そして俺はズボンも脱ぐ。少し躊躇《ためら》ったが、相手は付きあっている女性なわけだし、まぁ、いいんじゃないかな！　これで俺は名実共にパンツ一丁。有名な怪盗《かいとう》の三世だったら美女の待つベッドにダイブしている格好だ。羞恥心より、暑さからの幾《いく》ばくの解放感が先立つ。

多摩湖さんはさすがに俺の下半身は凝視《ぎょうし》していないけど、それでもチラ見してくる。「変態だー」と、もう一度口の中で非難しているのが聞こえた。

「多摩湖さんも服でかまくらみたいになっていないで少し脱いだら？」

「黄鶏《かしわ》君、脱がせてよ。で、出来るものなら」声が少し上擦《うわず》っていた。

軽口を叩《たた》く程度の余裕《よゆう》が、湿気《しっけ》からの解放によって生まれている。何だか、逆転の目を引きそうな雰囲気《ふんいき》になってきた。これで俺がギャンブル漫画《まんが》の主人公だったら間違《まちが》いないのだが。

制服の上下を賭《か》けて、ゲームに臨《のぞ》む。カードを二枚捨て、新しく山から引き抜《ぬ》く。スペードのQ《クイーン》に、ダイヤのK《キング》。お、ツーペアになった。しかもツーペアとしては最上級に近い。

「今度は降りないの?」

「多摩湖《たまこ》さんこそ」

不敵に、というかネジが外れたように左右非対称《ひたいしょう》に笑っている多摩湖さんは首もとのマフラーを外して突《つ》き出してくる。無難な次のチップである。こっちはそう気軽にもいかない。

俺は椅子《いす》に右足の裏を載《の》せて、膝《ひざ》を立てる。そして多摩湖さんの求める言葉を口にした。

「秘密を、賭《か》けよう」

「グッド」

多摩湖さん、ノリノリである。それが言いたかった、とばかりにご満悦《まんえつ》そうだ。本懐《ほんかい》を遂《と》げたような顔をしていて、それもまた可愛《かわい》らしいんだけど、だが本当にいいんだろうか。

多摩湖さんはこの脱衣《だつい》ポーカーの行き着く先に気づいているのだろうか。多摩湖さんの思惑《おもわく》通りにいかない点が、必ず一つ生まれるはずだけど。

……まあいいや、それは保険だし。つまるところ、ここで俺が負けなければいいのだ。

ブラ着ければいいんだよ、俺が!

決意と共に、暑さでだるがっていた瞼《まぶた》を引き締《し》める。カッと、目を見開いてみた。

一方、ずっと恥《は》じらいに肌《はだ》を侵略《しんりゃく》されていた多摩湖さんもそれが爆発《ばくはつ》したように、諸手《もろて》を上げて天井《てんじょう》を仰《あお》ぎ見る。

「かい、がん！」

「は？」海岸？

「うふふふ……やっと、ざわ、ざわと聞こえてきたのよぉ」

ああ、そっちの開眼、「いや、あの……それ、熱で頭が……」

「コール！」

力強い言葉、そして多摩湖さんのへろへろと舞《ま》い降りた右腕《うで》。それって宣言する言葉として正しかったかな、タイミング合ってるのかなと様々な疑問が渦巻《うずま》きつつも、俺はそれを迎《むか》え撃《う》つように、五枚の手札を机に広げる。カードのスーツ、そして数字に目を見張った。

俺はA《エース》とQのツーペア、対する多摩湖さんは、「げっ」3のスリーカードだった。

「ふっふっふ。二連敗だねぇ、黄鶏《かしわ》君。キミが運のない子だとは思ってなかったなぁ」

「……いや多摩湖さんに会えたから……」

「ん？　なに？」

「別に、何でもないッス」

俺は可能な限り、落胆《らくたん》を押さえこまずに心に開け放してみる。思いの外、気分が沈《しず》みかけて本当に自己嫌悪《けんお》しかけた。

……ああ、この展開にはなって欲しくなかった。

俺は平和かつ欲望丸出しに、多摩湖《たまこ》さんの服を脱《ぬ》がせたかっただけなのに。

これから先は、心の裸《はだか》方面に突入《とつにゅう》してしまう。傷つけあうだけだ。

諸刃《もろは》のやいばを装備して二人で斬《き》りあうようなものである。

多摩湖さんは戦利品を回収して、「黄鶏《かしわ》君の着ていた服……」と何故《なぜ》かまた赤面している。

それをごまかすようにババッと俺の制服を畳《たた》んで背中に隠《かく》しながら、多摩湖さんが身を乗りだしてきた。

「さぁ、黄鶏君は私にどんな秘密を持ってるのかなぁ?」

近所のお爺《じい》さんの昔話に目を輝《かがや》かせる童女のように、好奇心《こうきしん》いっぱいの表情で俺の顔を覗《のぞ》きこんでくる。

やはり多摩湖さんは気づいていない。

この脱衣《だつい》ポーカーは、魔界《まかい》村と同様に。

どちらかがパンツ一丁になってからが本当の始まりだということに。

「こ、この間……」

「ほうほう、この間?」

勝ち誇《ほこ》っているのも今の内だけだよ、多摩湖さん。

人間、いつだって逆襲《ぎゃくしゅう》は芽吹《めぶ》くものだ。

「この間、」

ぐぅう、と胃の底が締《し》め付けられる。それでも、声を喉《のど》から絞《しぼ》り出す。

「多摩湖さんとキスするときの練習で、休日を丸ごと潰《つぶ》しました」

言い切った後、時が止まった。蝉《せみ》の声も波のように、遠くへ引いていく。

多摩湖さんは「んま、んま、んま……」と口をパクパクさせて、酸欠に陥《おちい》ったようになっている。ああそれ、その唇《くちびる》。練習とは違《ちが》って柔《やわ》らかそうなんだよなー、いいなー。

一方の俺は後頭部の付近にある何かがプッチンと切れたように、宙を漂《ただよ》う気分だった。

神様の操《あやつ》り糸《いと》が切れてしまったのかも知れない。

あーまぁ、それでもいいよ。糸を繋《つな》ぎ直さずにそのまま見ていてくれ。

ここからは好き勝手に、多摩湖さんと辱《はずかし》めあうから。

邪魔《じゃま》するなよ。俺たちバカップルじゃないから、みんなに迷惑《めいわく》かけないよ。

そして時計がないはずのこの部屋で、そのとき確かに秒針の刻まれる音が鼓膜《こまく》を震《ふる》わせた。

それは、多摩湖さんの時計が再び動きだす音だったのだろうか。

多摩湖さんは口もとを俺の視線から隠すようにトランプで覆《おお》って、もごもごと声を出す。

「そ、それはイメトレ？」

「いや行動も伴《ともな》って」

「架空《かくう》のあ、相手は！」

「多摩湖《たまこ》さんが旅のお土産《みやげ》にくれたダルマ」

「ダ、ダルマとベろちゅーしてたの！」

「俺の中では多摩湖さんに見えてたから大丈夫《だいじょうぶ》！」

「病院行こうよ黄鶏《かしわ》君！」

「多摩湖さん、途中《とちゅう》からうへへへって笑っちゃってまーやらしい」

「それキミの笑い声だから！」

「うへへへ」

「ほら出た！　今キミの口から出た！　小悪党笑いやめなさい！」

「さぁ次のゲームだ。ここからが本番だよ、多摩湖さん」

「ほ、本番ってその格好で言うと淫猥《いんわい》な感じ」

そうコメントしつつ、いそいそと多摩湖さんが俺のカッターシャツを着こむ。モコモコがぶよぶよに変化する。綿を詰《つ》めすぎたぬいぐるみというか、磁石で何でも吸い付けてみました、って状態になってきているなぁ。

だけど、その厚着が仇《あだ》になる。

多摩湖さんの下着戦術はここから通用しない。

何故《なぜ》なら多摩湖さんの目的は、俺に秘密を明かさせること。だけどそれには俺の素《す》っ裸《ぱだか》寸前のままを維持《いじ》しなければいけない。だから多摩湖さんはこれ以降、衣服を賭《か》けてこないはずだ。多摩湖さんが俺にパンツ一丁を要求する以上、状況《じょうきょう》は、対等なのだ。そして、夏場の密閉空間で服を大量に着こんでいる多摩湖さんの方が長期戦には不利！　……と、素っ裸寸前の男が何やら吠《ほ》えていますが、今の俺の格好と多摩湖さんの厚着を見比べると、どっからどう見ても対等ではありません。

ていうか、脱衣《だつい》ポーカーっていう想像だけで見切り発車的に始めて、後半の展開についてはまったく検討《けんとう》していないだろう、多摩湖さん。あなたはいつもそういうお人だ。

まぁ、こちらは既《すで》に一回暴露《ばくろ》してしまったわけだし、今更《いまさら》やり直しなんてさせるわけないが。多摩湖さんも負ければ、俺に対しての秘密を、今の水準で明かさなければいけない。先に話す権利を与《あた》えてしまったことを後悔《こうかい》するといい。俺はもう、十分にしたのだから。

「多摩湖さんを脱がせないのは至極《しごく》残念だけどねー」

「黄鶏君の口がえらい軽々しくなっている！」

人間、一度吹《ふ》っ切れるとこんなものである。

……さて。

カードゲーム研究会、初と言ってもいい実践《じっせん》に基づく心理戦の探求。

脱衣ポーカー第二部、変態ポーカーの幕開けである。

今年の五月の連休に一度だけ、多摩湖《たまこ》さんの逃避行《とうひこう》に付きあったことがある。

当時、俺と多摩湖さんはまだ付きあっていなかった。けど俺は一年と二ヶ月弱の経過によって多摩湖さんに骨とか魂《たましい》とか抜《ぬ》かれている状態だったので、誘《さそ》われた晩は電話を握《にぎ》りしめながらスクワットを百回こなして、ワクワクを散らす必要があるくらいだった。

翌日、勿論《もちろん》だけど筋肉痛でベッドから起き上がれなくなった。

さて五月の連休。旅というか旅行、しかも素敵《すてき》なおねえさんキャラの後輩《こうはい》（なんだそりゃ！）と二人きり。これでときめかなかったら、俺は気弱なライオンか何かとチームを組んで心を貰《もら》いに行くべきだろう。だが真っ赤な血潮溢《あふ》れる健全な男子高校生だったので、俺は前日から一睡《いっすい》もせずに多摩湖さんとの集合場所へ馳《は》せ参じた。多摩湖さんは白いワンピースと白い帽子《ぼうし》のお嬢様《じょうさま》風なスタイルで、硬《かた》い布製の鞄《かばん》を一つ用意していた。

じゃあ行こう、ということになって多摩湖さんに道案内は一任する。多摩湖さんの逃避先はいつだって海だった。「だって海はいいよぉ、ザザーンの部分が堪《たま》らない」と実に抽象《ちゅうしょう》的に魅力《みりょく》を語ってくれた。ちなみに、移動方法は自転車だった。じゃあなんで駅前に集まったんだ。

そうは思ったが、多摩湖さんの自転車をこぐ様子が大変可愛《かわい》らしゅうございましたので、俺はその白いあんよやうなじに目を奪《うば》われて、胸が苦しくなるばかりだった。

移動中、先を走る多摩湖さんが振《ふ》り向かずに話しかけてきた。

「二年生の教室はどう？　私、学校に長くいるけど未経験なんだよね」

「あははは」笑えるか。「多摩湖さんの方は？」

「知らない顔の同級生ばかりで毎年新鮮《しんせん》です」

あははは、と多摩湖さんが自虐《じぎゃく》ギャグを自ら笑い飛ばす。だから、笑えないから。

「じゃあ、新しい学年になって何か面白《おもしろ》いことはあった？」

「面白いことっていうか……少し変わったことなら。四月に転校生が来ました。別のクラスだからそんなに詳《くわ》しくないんだけど」

「転校生？　男の子、女の子どっち？」

「男です。なんかその転校生が自転車に乗って海に入水自殺した、って休み前に噂《うわさ》になってたなぁ」

「ふぅん、自殺かぁ。じゃあ今日海行ったら、その転校生の死体が見られるかな？」

「いや生きてるし」見たくないし。

そして多摩湖さんに連れられて、隣町《となりまち》の海に到着《とうちゃく》した。俺はその辺りで気づき始めたけれど、これ、日帰りじゃね？　疑惑《ぎわく》。旅行からデートに格下げであった、が、まぁ良い。

多摩湖さんは砂浜に自転車を止めてから、砂まみれの防波堤《ぼうはてい》の上に立つ。腰《こし》に左手を当てながら、額に手の側面を当てて海を一望した。その姿はなんだか、一足早い夏の少女を連想させて、誰《だれ》かが写真や絵画に収めるべきなんじゃないか、と羨望《せんぼう》の眼差《まなざ》しで見上げていた。

思えば、その劇場に立つような青空と白いワンピースと長髪《ちょうはつ》の取り合わせが、俺の多摩湖《たまこ》さんに対する想《おも》いの地盤《じばん》を決定的に固めたのだ。

「んー、やっぱ海、サイッコォー」

感慨《かんがい》深そうに、多摩湖さんが感想を口にする。俺は防波堤《ぼうはてい》に背中を預けながら、海ではなくその多摩湖さんを見上げる。と、多摩湖さんの目線が俺を捉《とら》えた。

「どう、黄鶏《かしわ》君。来て良かったと早速《さっそく》ながら思わない？」

「そうッスねー……」

曖昧《あいまい》に答える。確かこの海で、例の転校生が自殺未遂《みすい》を起こしたんじゃなかったかなと、小耳に挟《はさ》んだ噂《うわさ》話を頭の中で整理していたのだ。

俺の返事は特に耳に入っていないのか、多摩湖さんは目を輝《かがや》かせたまま、正面の風景を受け入れる。

そうして多摩湖さんはいつまでも、飽《あ》きることなく海を眺《なが》めている気がした。

……しただけだった。

その後のオチを語ると、多摩湖さんは五分ぐらいで海を見つめることに飽《あ》きた。そして砂浜で城作りに励《はげ》みだした。何故《なぜ》か俺も手伝わされた。なんか違《ちが》う、と胸の高鳴りが萎《な》えだした。

砂上《さじょう》の楼閣《ろうかく》作りにも飽きると、多摩湖さんは全力疾走《しっそう》で海に立ち向かっていった。わざわざ巨大《きょだい》な波が到来《とうらい》しようとする瞬間《しゅんかん》を見計らい、それに正面から飛びかかっていく。

勿論《もちろん》、多摩湖さんは波に揉《も》まれた。素人《しろうと》目にもコインランドリー体験しているような回り方で波に弄《もてあそ》ばれて、浜の防波堤付近まで打ち上げられてきた。

春の海は見た目より優《やさ》しくない。主に温度が。紫《むらさき》色の唇《くちびる》と歯の根の合わない多摩湖さんが全身をぐっしょりと濡《ぬ》らしながら身を震《ふる》わせる姿を見たとき、去来した思いは『哀愁《あいしゅう》』の一言に尽《つ》きた。しかもその後の報告が酷《ひど》い。

「お財布《さいふ》……なくしちゃった」

いじいじと一人E．T．ごっこしている多摩湖さんの人差し指が、蛇《へび》の絡《から》みあいに見えた。耳から昆布《こんぶ》でもニュルニュルと出てきているような、粘着《ねんちゃく》質な衝撃《しょうげき》が俺を襲《おそ》う。

「……今ので？」

「うん」

多摩湖さんはさほど悲観することなく頷《うなず》いた。だってまだ続きがあったから。

「ついでにー……」もじもじ。「自転車の鍵《かぎ》も、どっか行っちゃった」

俺も何処《どこ》かに行きたかった。

ついでに、服が濡れて透《す》けている多摩湖さん相手なので目のやり場にも少し困った。諦《あきら》めの境地に踏《ふ》みこむ寸前の心境だったが、一応、浜辺で紛失物《ふんしつ》を手分けして探した。潮干《しおひ》狩《が》りよりもお楽しみ指数が低い探し物で、見つけにくいものとかそういうレベルじゃなかった。

結局、三十分も探さないうちに多摩湖さんが音《ね》を上げてしまって。

……で。

「帰ります？」

「……うん」

多摩湖《たまこ》さんの旅の最短記録は、その日に更新《こうしん》された。

帰り道は俺が多摩湖さんの鍵《かぎ》付き自転車を担《かつ》いで運び、多摩湖さんがスーイスイと俺の自転車で帰る次第《しだい》となった。

デートの翌日に筋肉痛確定とか、色々誤解されちゃうネ！

ほとんど泣きそうだった。

でもその日の別《わか》れ際《ぎわ》に、多摩湖さんに告白してみたら色よい返事が貰《もら》えたので、俺にとって、あっさりと最良の記憶《きおく》として塗《ぬ》り替《か》えられたのだ。

めでたしめでたし。

「黄鶏君《かしわ》？」

名前を呼ばれて、ハッと顔を上げる。縦に走っていた黒い線が視界から消え去り、膜《まく》に覆《おお》われていたような耳もとも正常に音を捉《とら》えるようになる。意識が五感から遠退《とおの》きかけていたみたいだ。

気づけば正面、汗《あせ》だくの多摩湖さんが俺を心配そうに見つめている。咄嗟《とっさ》に「ああ、はい」と生返事《なまへんじ》する。そしてぼんやりとした視界のまま、配られた手札を確かめる。ブタだ。

「目ぇ飛んじゃってたけど大丈夫《だいじょうぶ》？」

「ああ、平気……酸《す》っぱい夢を見ていただけッスから」

まだ熟《じゅく》しが足りなくて、その記憶に甘みはないのだ。暫《しばら》くはそのまま置いて、けれど爛《ただ》れて腐《くさ》り落ちる前に、上手《うま》く摘《つ》まないといけない。

「俺、結構寝《ね》てました？」

「十秒ぐらい」

大して長い時間でもなかったのか。だけど夢はとても長かった気がする。実際、夢を見ている時間は数秒って聞くからなぁ。

多摩湖さんが俺の裸《はだか》から目を背《そむ》けて、準備室の入り口を一瞥《いちべつ》する。

「音楽室が静かになったね。部活も終わりかな」

「このまま続けると遅《おそ》くなりそうですね」

だから帰ろう、さぁ帰ろう。でもその前に多摩湖さんの秘密を一つぐらいは暴《あば》きたいところだが。

「遅くなったら黄鶏君が送ってくれるんでしょ？」

「そりゃあ勿論《もちろん》」

ちなみに俺と多摩湖《たまこ》さんのお付きあいは、彼女の家族公認《こうにん》だ。付きあいだしてから娘《むすめ》が平日にふらふらと旅に出なくなった、と多摩湖さんの母親に感謝されていたりする。俺は文鎮《ぶんちん》か。

「しかし、下着一枚のまま薄目《うすめ》で気絶しかけている黄鶏《かしわ》君の姿は……面白《おもしろ》いよ」

「俺が一番傷つかない感想を選んでくれてありがとう」でももう手遅《ておく》れです、ズタズタ。

多摩湖さんは俺の予想から大きく逸《そ》れず、「こっちも秘密を賭《か》けるゼ」と言って服を脱《ぬ》がなかった。ただ、想像では二度目のベットまで服を何かしら賭けてくるはずだったが、どうも一枚たりとも俺に着せるつもりはないらしい。上等だ。

カードを多摩湖さんは三枚、俺は二枚交換《こうかん》する。そして、互《たが》いに秘密を三つ賭けての勝負。

結果は、「っよし！」俺がツーペアで、多摩湖さんはワンペア。やっと一勝をあげた。

「えー！　ちょっと無理、マジ無理！　無理無理！」

多摩湖さんが俺の名前を奪《うば》ったかもしくは式でも挙げたかのように、鶏《にわとり》っぽく準備室内を駆《か》け回る。俺はその狼狽《ろうばい》ぶりを至福の笑顔《えがお》で、そしてパンツ一丁で微笑《ほほえ》ましく見守る。

いやー、やっぱり勝負事は勝ってこそですよね。そして多摩湖さんは服を脱げない、もとい賭けられない以上、秘密を口にするしかない。眼鏡が良い感じに傾《かたむ》いていらっしゃるね。

「多摩湖さーん、お待ちかねの告白タイムですよー」

「待ってねー！」

まだ走り続けている。足は熱にやられているのか、もつれ気味だけど。

それからようやくテーブルの近くに戻《もど》ってきた汗《あせ》だくの多摩湖さんに、俺は手を差しだしながら要求する。

「さぁさぁ、三つだけ秘密を語って貰《もら》いましょうか」

自分から言っていてなんだが、嫌《いや》なランプの魔神《まじん》みたいだな。

多摩湖さんは観念したらしく、覚悟《かくご》を決めたように椅子《いす》に座り直す。熱気とは少し色合いの異なりそうな汗が、髪《かみ》と帽子《ぼうし》の間から流れ落ちた。

「……あーじゃあね、最初のは軽いジャブで」

多摩湖さんが挙手して、それをなんてことない口調で告白する。

「私、黄鶏《かしわ》君の靴《くつ》の匂《にお》いを嗅《か》いだことがあります」

顔に十文字の亀裂《きれつ》が走った。口ではなく眼球から、体液でも噴《ふ》きだしそうだった。

多摩湖さんはご丁寧《ていねい》に、その靴を持ち、鼻を近づける様子をパントマイムしてくださる。

「こう、くんくんと。ちゃんとつま先の方に鼻入れて」

「…………………………………………うわぁ」

多摩湖さんが手札をテーブルに叩《たた》きつける。

「どん引きしないでよ！　泣くよ私！」

「ジャブ一発で意識奪《うば》われそうになったんだよ！」

「な、なんか知ってみたかったの！　黄鶏《かしわ》君の匂《にお》いってこういうのからもするのかなって！」

「ど、どうでしたか！」

「ちょっと微妙《びみょう》かな！」

「それはすいません！　ていうか俺の匂いとか知ってるのかよ！」

「知らない方がどうかしている！」

「えー！　じゃあ多摩湖《たまこ》さんの匂いも嗅《か》がせてよ！」

「い、いいとも！」

俺と多摩湖さんは机を回りこみ、寄り添《そ》い、首筋に顔を近づける。一見、抱《だ》きあうような姿勢だけど実際に行われていることは、五感の一つを剝《む》きだしにして、互《たが》いの存在を確かめあうという概念《がいねん》への挑戦《ちょうせん》「くんくん」わー色々たまんねー！　桃源郷《とうげんきょう》かよ多摩湖さんは！「くんくんくんくん。あ、黄鶏君のシャツと、やっぱり匂いが一緒《いっしょ》……気持ち、ふわふわするね」


……………………いやあの、誤解しないでくれ。


俺たちこれでもバカップルじゃないから。ああでも、多摩湖さんは良い匂いだ。むしろ香《かお》り。部屋に飾《かざ》るならハーブ類とかより、多摩湖さんの方がよっぽど部屋を潤《うるお》すよ。

「さて、残り二つは？」

二人で相手を嗅ぎ回しながら、次の秘密の口外を求める。多摩湖さんは鼻ではなく口を「んぐ」と詰《つ》まらせながらも、離《はな》れずにそのまま、半径三十センチ以内の距離《きょり》を維持《いじ》する。

「……黄鶏君から今まで送られてきたメールを夜中に、毎日五回は読み返してる」

お互いの首筋に目がいっているから顔色は窺《うかが》えないけど、多摩湖さんの左の髪《かみ》が大げさな感じに揺《ゆ》れて、こそばゆい。言葉自体がこそばゆさの塊《かたまり》なのにそんなことされたら、鳥肌《とりはだ》だらけになる。でも相手には触《ふ》れないし、香りは嗅ぎ続ける。バカップルじゃないから。

「黄鶏君、呆《あき》れた？」

「むしろ多摩湖さんの可愛《かわい》さがただ今鰻登《うなぎのぼ》り」

「……恥《は》ずかしい」

「ていうか、むしろこっちがジャブなのでは……」

「そうかな」そんな純朴《じゅんぼく》そうな疑問声を出されても困る。

「いやそうだろ。で、最後は？」

「えー、これホント恥ずかしいし」

「負けたのだからそれに耐《た》えるように」聞く俺も恥ずかしさと戦っているのだから。

多摩湖さんが俺の服の裾《すそ》をキュッと摑《つか》もうとして、「あ、ごめん黄鶏君裸《はだか》だった」「ソウダネ」もの凄《すご》い虚脱《きょだつ》感に襲《おそ》われた。その隙《すき》を突《つ》くように、多摩湖さんがぼそぼそと唇《くちびる》を動かす。

「……映画のヒーロー、ヒロインに私たちを空想抜擢《ばってき》する」

「はぁ？」

「だから、映画とか見るとき、格好良い男の子役は黄鶏君で、その男の子と恋愛する女の子を

「それは知らないけど……あのねぇ、多摩湖《たまこ》さん」

私とか想像して見ているの。……これってみんなやってる、よね？」

「なに？」

「結局最初が一番キツイよ！　正義の味方を見習えよ！　必殺技《わざ》は最後にしておけ！」

「そ、そんなことないって！　恥《は》ずかしい順だし！」

「どんな羞恥心《しゆうちしん》の形してるんだよ！」

さっきから不思議で仕方なかったけど！

「ぬううう、相容《い》れない！」

「その通り、意見が合致《がっち》しない！」

二人同時に首筋から顔を離《はな》す。そして各自の椅子《いす》に勢いよく戻《もど》り、また対峙《たいじ》する。

「今日は黄鶏《かしわ》君の悶死《もんし》記念日として刻んでやる！」

「そっちこそ、多摩湖さん羞恥心解放の祝日として学校をサボる日を作ってやる！」

「大歓迎《かんげい》じゃないのそれ！」

多摩湖さんがカードを高速でかき混ぜ、うーうーと威嚇《いかく》するように唸《うな》る。

俺はパンツ一丁でどう格好つけるか考えている内に、『あ、無理だ』と諦《あきら》めた。

というわけで、ポーカー再開。

その勝負によって生まれた、悲喜の入り交じった叫《さけ》びをダイジェストでどうぞ。

「ぬいぐるみを黄鶏君として話しかけまくる！　時には抱《だ》きしめる！」「多摩湖さんの母親と顔を合わせる度《たび》に、内心でお義母《かあ》さんと呼んでいる！」「黄鶏君に似合うあだ名を一晩中考えて夜が明けたことがある！　ちなみに最有力候補はつくね君！」「食べる気か！　それなら俺も多摩湖さんをタマちゃんと呼ぶかタマたんと呼ぶかで授業中ずっと検討《けんとう》していた日がある！」「こないだの日曜日に、黄鶏君を即座《そくざ》に呼び寄せる魔法《まほう》の練習を二時間やってみた！」「出来ましたかそんな多摩湖さんと俺しか得しない素敵《すてき》魔法！」「じゃーん、魔法のアイテム発見！」「それ携帯《けいたい》電話！」「教室で授業中に黄鶏君が現れて私をお姫様《ひめさま》だっこで連れ去ってくれないかなぁって一日三回は想像する！」「携帯電話の待ち受け画面は隠《かく》し撮《ど》りした多摩湖さんの横顔！」「それは基本だよね！」「基本ですよね！」「秘密でもなんでもないからはい次のやつ言って！」「多摩湖さんが俺以外の男子と喋《しゃべ》っていたら、素知らぬ顔をしながら裏でその男子を徹底《てってい》的に調べ上げる！」「それも基本だってば！　黄鶏君が女子とこの間喋っていたの知ってるから！　こっそり覗《のぞ》いてたから！　そしてその子の小学校卒業アルバムまで遡《さかのぼ》って素《す》性《じょう》を確かめたから！」「多摩湖さんが部屋に遊びに来ていて帰ったあと、多摩湖さんの髪《かみ》を拾って指に巻き付けてニヤニヤしていた！」「今知りたいこと第一位は盗聴《とうちょう》器って何処《どこ》で買えばいいのかなぁ！」「多摩湖さんが店で使い終わった割《わ》り箸《ばし》を置くとき、他《ほか》の誰《だれ》かに舐《な》められたりしないかなぁって密《ひそ》かに不安になっている！」「この間、自分の薬指のサイズとか測って黄鶏君にメールしようか悩《なや》みまくった！」「携帯電話の登録名がタマりん！」「黄鶏君と子供会で撮《と》った写真を見返していると鼻血噴《ふ》きそうになる！」「ランドセル背負っている多摩湖《たまこ》さんの写真は家宝！」「同級生全員にこれが私の彼氏と写メを見せて自慢《じまん》した！」「夜に散歩と言い張って外出すると、いつも多摩湖さんの家の前で五分ぐらい立ち止まる！　部屋の明かりがついていないと不安になる！」「下校中に別れてから、黄鶏《かしわ》君が家に着くまでずっとこっそり追いかけている！」「部屋で独《ひと》り言《ごと》を呟《つぶや》く途中《とちゅう》、多摩湖さんの台詞《せりふ》が何故《なぜ》か混じる！」「黄鶏君がお母さん作のお弁当を学校へ持ってきていることに毎日嫉妬《しっと》してる！」「教科書に多摩湖さんという文字を書きまくって、それでｌｏｖｅを形成したページがある！」「焼鳥屋でかしわという字を見る度《たび》に泣きそうになる！」「農協の前で産み立てたまごの販売とか書いてあるとドキドキする！」「黄鶏君の匂《にお》い最高！」「多摩湖のページがブックマークに入っている！」

　こんな俺たちですが、まだ手を繋《つな》いだこともないです。というか、相手に触《ふ》れたことがほとんどないです。でも二人で外堀《そとぼり》ばっかり固めていたようです。周囲の人が誰《だれ》も入ってこられなくなって、セルフ兵糧攻《ひょうろうぜ》め状態。二人で仲良く餓死《がし》するしか道はなさそうです。

「こ、これがラストゲームね」

「いいです、よ」

　叫《さけ》びすぎて、二人とも息絶え絶えだった。特に厚着の多摩湖さんは、倒《たお》れないのが不思議なくらい肌《はだ》を紅潮させて、目が虚《うつ》ろになってきている。

　惰性《だせい》のように投げやりな手つきで、多摩湖さんがカードをポイポイと配る。俺はばらけた位

置に投げられた手札を適当にかき集め、内容を確認《かくにん》する。ハートの3、7、9。スペードの2に、ダイヤのK《キング》。ブタだが、フラッシュの影《かげ》がちらつく手札。初回と一緒《いっしょ》か。

一方、多摩湖《たまこ》さんは揃《そろ》えた手札を一度見下ろし、その直後にそれを机に置いてしまう。

「多摩湖さん？」

「このままでいい」

「あ？」何処《どこ》かで目にした台詞《せりふ》を多摩湖さんが男前に吐《は》く。

「私はこの手札のまま勝負するよ」

「……いや、あの、いいですけどね別に」

成りきっているというわけでもなく、勝算を含《ふく》めての行動っぽいし。

まずアレと違《ちが》うのは、手札を一度確認しているということ。これによって、イカサマではなく運の巡《めぐ》りによって本当に手札が優秀《ゆうしゅう》である可能性をちらつかせている。

その動作から導かれる、『このままでいい』発言を信用すべきか、疑うべきか。

長いろうそくと短いろうそく、どちらが長く燃えるかを選ぶという問題に直面したようだ。

次いで多摩湖さんは、眼鏡に手を伸《の》ばし、スッと取り外す。それを机に置きながら、「今回の私が賭《か》けるのは秘密じゃないよ」帽子《ぼうし》を脱《ぬ》ぐ。手袋《てぶくろ》を外す。マフラーを取る。モコモコの主成分である服を脱ぐ。俺のカッターシャツも纏《まと》めて脱ぎ捨てる。靴下《くつした》を揃《そろ》えて置く。スカートのホックを外してパサリと置く。そしてブラウスを「多摩湖さん、下着外してるから！」

「おっと」注意されて慌《あわ》てて着直す。どうして注意したかなー、と後悔《こうかい》が募《つの》った。

こうしてブラウス一枚と下着一丁の多摩湖さんが誕生《たんじょう》した。本人はその涼《すず》しさに夢見心地《ごこち》のような緩《ゆる》んだ表情となっているけど、こっちも目の血走り具合は別として頬《ほお》が緩みそうだ。

「これに対抗《たいこう》できるほどの秘密を賭けられる？」

衣服の山を机に創成してから、多摩湖さんが言う。

「いや無理。さすがにもう喉《のど》も秘密も涸《か》れてますし」

ていうかそんなことより、こう、机が邪魔《じゃま》なのだが。激しく。

「じゃあ、黄鶏《かしわ》君には代わりに……」

そこで多摩湖さんは口ごもる。「ん？」と俺が促《うなが》すと、耳まで真っ赤にして俯《うつむ》きがちになりながら、俺に賭けるべき相応のものを求めてきた。

「て、手を、そっちから繋《つな》いでもらおうかなー……なー！」

「なーって……くう、そんな行為《こうい》を要求するとは」

「だ、だよね恥《は》ずかしいよね、かなり破廉恥《はれんち》」

多摩湖さんの方は演技じゃなくて本当に羞恥心《しゅうちしん》が臨界点まで振《ふ》れ切っているようだ。

時々思うが、羞恥心というものの基準が人より大きく改変されてしまっているんじゃないだろうか、多摩湖さん。俺も話を合わせてみたが、どうも腑《ふ》に落ちない。

「こっちは二枚チェンジ」

何はともあれ、こちらはブタのまま勝負に出るわけにもいかない。初回同様、三枚のハートによるフラッシュに賭《か》けてカードを切り、そして加える。

このカードに俺は賭けるぜ、と内心で呟《つぶや》きながら、引いてきたカードを捲《めく》ってその印刷された絵柄《えがら》に、一喜する。一憂《いちゆう》は、訪《おとず》れなかった。

……よし。ハートのJ《ジャック》と、4が来た。ハートのフラッシュ。俺が多摩湖《たまこ》さんにぶつける役としては最高の演出ではないだろうか。愛で多摩湖さんに勝つ。勝ってどうするという話だが。

愛っていうのは、乗り越《こ》えるもんじゃなくて、なんだ、こう一緒《いっしょ》に足並み揃《そろ》えて、階段を上っていく感じに似てだな……閑話休題《かんわきゅうだい》。

多摩湖さんの目の焦点《しょうてん》が完全に整ってから、二人同時に叫《さけ》ぶ。

「「コール！」」

バッと、机に叩《たた》きつけるようにして、扇状《おうぎ》に広げた五枚のカードを相手に見せつける。

「ハートのフラッシュ！」「フルハウス！」

相手の手札の揃いように、二人で目を丸くする。

多摩湖さんは本当に初期の手札でここまで揃っていたとは。強気にあんな真似《まね》などしていられるわけだ。

だけど、当の多摩湖さんは俺と自分の手札を見比べて、首を傾《かし》げている。

「どしました？」

「いやあのね、黄鶏君《かしわくん》」

「はい？」

「カードゲーム研究会としてあり得ない質問かも知れないけど」

「はい」

「フラッシュとフルハウスって、どっちが強いのかな？」

「…………………」

明日から、ボードゲーム探求会にでも改名した方がよさそうだ。

ぽく、ぽく、ぽく、ぽく。ちーん。

「あーじゃあ、俺の負けでいいッス」

椅子《いす》から立ち上がる。つかつかと歩いて回りこんで、多摩湖さんの手を「失礼」と拝借《はいしゃく》。指先まで絡《から》め取るようにしながら、キュッと、握《にぎ》りしめた。

手の隅々《すみずみ》まで触《ふ》れあおうと、深く、強く。

ほうっと、多摩湖さんがその触れあいに見惚《みと》れるように、息を吐《は》いて凝視《ぎょうし》する。

俺の手を支えにするようにして立ち上がりながら、もう一度、感嘆《かんたん》のような息を吐きだす。

俺はどちらかというと、多摩湖さんのおみ足に目を奪《うば》われていた。この視線に多摩湖さんは気づいているのだろうか。

そこが明瞭《めいりょう》にならないまま、多摩湖さんが今の情景をぽつりと、声で描写《びょうしゃ》する。

「パンツ一枚の男性が、ブラウスと下着だけの女性の手を握《にぎ》っている……」

地獄《じごく》絵図のようだ。しかし多摩湖《たまこ》さんは朗《ほが》らかに、目尻《めじり》を緩《ゆる》ませて微笑《ほほえ》む。

「なんだか楽園の住人みたいね！」

「……前向きだなぁ、多摩湖さんは」

思わずくすくすと笑い、顔を見あわせてしまう。

「うーん、この脱衣《だつい》ポーカーの狙《ねら》い通りに、黄鶏《かしわ》君との仲が一気に進展したね！」

「おお、綺麗《きれい》に動機と結果が纏《まと》まった」

「だよねー、だよねー」

握った手を振《ふ》る。ぶんぶん振りあう。なーかーよーしー。その朗らかな雰囲気《ふんいき》の隙間《すきま》に、尖《とが》らせた唇《くちびる》を差しこむように、ぼそっと多摩湖さんがぼやく。

「……本当は黄鶏君の裸《はだか》が見たかっただけー」

「俺も多摩湖さんの裸が見たかったー」

「だよねー、だよねー」

それでもやっぱり、握った手を振り続けた。

週一で電話するっていうけど、残りの週六は多摩湖さんとずっと一緒《いっしょ》にいるような仲で。

だけど俺たちバカップルじゃないよ。

あのダイジェストでお分かりの通り。

ぼくたちばかっぷるじゃなくて、へんたいかっぷるですもの。

「なんか、部活が終わった後の解放感みたいなのを感じるよね」

準備室の片付けを終えて、伸《の》びをしながら多摩湖さんが心地《ここち》よさそうに言う。

「あー、まー……」再び遠くから、少しだけ騒々《そうぞう》しい運動部の喧噪《けんそう》が聞こえてくるようになって、そういった耳や意識の解放感は確かにあるなぁ、と半分同意。

脱衣ポーカーが終了《しゅうりょう》したので、モコモコと着こんでいた服の大半は鞄《かばん》に無理に詰《つ》めこみ、夏服だけの多摩湖さんとなっている。ちなみに「着け直すのめんどい」と下着も一緒に鞄にしまうのを、俺は見逃《のが》さなかった。だからどうだという話でもないが。

俺もパンツ一丁を終了して服を着こみ、一介《いっかい》の学生に姿が落ち着いている。

「しかし……」部屋の中は綺麗になったのに、まったく気分が落ち着かない。騒《さわ》ぎ疲《つか》れってやつが体内に蔓延《まんえん》しているのだろうか。まだ色んなものが散らかって、それを意識や五感が次々に追いかけ回している。そんな感覚の残留で、解放感はまるでない。むしろ解決しない所為《せい》で苛々《いらいら》が募《つの》る。多摩湖さんが開けた窓から蟬《せみ》の鳴き声の代わりに、生温《なまぬる》い微《び》風《ふう》が入りこんでくるのが救いだった。風が吹《ふ》く度《たび》、熱気が少しずつ、洗い流すように肌《はだ》から削《そ》がれていく。お隣《となり》の美術室の生徒もそろそろ解散するのか、喧噪の角度が廊下《ろうか》側《がわ》に移っている。比率は女子の声が多い。むしろ男子の声はグラウンドの方に耳を澄《す》ませないと、微《かす》かにも感じ取れない。うちの学校は突出《とっしゅつ》して活躍《かつやく》している運動部はない。バスケ部もソフトボール部もサッカー部も万年、初戦敗退を喫《きっ》している。野球部が時々、二回戦に進むぐらいか。でもそんな部活動が無価値であると、決めつけられる奴《やつ》はまずいない。

というか、意味なんてある方がおかしいぐらいだ。

俺たちの活動なんて、みーんな、ペットボトルの緑茶の成分表示みたいなものだから。

エネルギー0。

タンパク質0。

脂質《ししつ》0。

炭水化物0、そして申し訳程度のナトリウム。

だけどそうやって表示された液体を飲めば喉《のど》の渇《かわ》きは潤《うるお》う。

俺たち学生はいつだって、それを渇望《かつぼう》しているのだ。

その緑茶が、俺にとっては多摩湖《たまこ》さんだということ。それを忘れないでいたい。

「そろそろ帰ります？」

椅子《いす》に座り、机を背もたれ代わりにしてだれたまま俺が尋《たず》ねると、多摩湖さんは「そうだね」と頷《うなず》く。けれどその返事とは裏腹に、多摩湖《たまこ》さんはスカートを押さえながら壁際《かべぎわ》に座りこんだ。

尻《しり》を床《ゆか》に下ろしてから膝《ひざ》を伸《の》ばして、多摩湖さんお気に入りのテディベア風に落ち着く。足はまだ靴下《くつした》も上履《うわば》きも放《ほう》りだして裸足《はだし》で、足の指がそれぞれ、ワキワキと蠢《うごめ》いている。

壊《こわ》れた時計の内部みたいな世界に座りこみ、足を伸ばす多摩湖さんの姿はやっぱり、青春の象徴《しょうちょう》というか……俺が時折見て、『あー、なんか青春っぽいなぁ』と感じるイラストめいていて、心惹《ひ》かれる。そういう仕草や雰囲気《ふんいき》を自然に纏《まと》っているところが多摩湖さんの素敵《すてき》さだ。

多摩湖さんが机に置いた眼鏡をふと手に取り、かけてみる。伊達《だて》だった。

「帰らないんですか？」眼鏡をかけたまま、先程《さきほど》とは逆の質問をしてみた。

「まだね」多摩湖さんの答えは、机に転がした卵のようにころころと移り変わる。

俺は立《た》ち眩《くら》みを覚えながらも椅子から腰《こし》を上げて、多摩湖さんが座る壁際まで移動する。それからドカッと座りこむ。座る最中に、壁で後頭部を打った。

最初、俺たちは少しの距離《きょり》が空いていたけど無言の内にどちらか、或《ある》いは両方が距離を詰《つ》めて、寄《そ》り添うようになっていた。磁石的な現象が俺と多摩湖さんの間で起きたのだ、多分。

「黄鶏《かしわ》君ってその眼鏡似合うね」

「そう？」

「うん。だからあげる、偶《たま》にかけた顔見せてよ」

顔を覗《のぞ》きこまれながらお願いされて、断れるはずもない俺だった。「毎日かけてくる」

「それは嫌《いや》。時々見るからいいなーって思うの」

優《やさ》しい口調ながら気難しい多摩湖さんであった。俺もその多摩湖さんに倣《なら》って、あぐらをかいていた足を床《ゆか》へ伸《の》ばす。

「楽しかった？　脱衣《だつい》ポーカー」

「楽しいというか無我夢中だったというか……結局、多摩湖《たまこ》さんと一緒《いっしょ》なら大体楽しいけど」

「うーん……そういう感想はあんまり好きじゃないよ」

　多摩湖さんが不機嫌《ふきげん》そうに苦言をこぼす。

「そうなの？」

「うん。だって、一生懸命《いっしょうけんめい》考えてきても、何もせずに擦《す》り寄るだけでも同じなんて許しがたい」

「……なるほど」多摩湖さんらしい価値観だ。これからは気をつけよう。

「でも色々多摩湖さんのことが分かって、余計に好きになったよ」

　優等生発言で締《し》めてみた。でも、何となくお互《たが》いの暴露《ばくろ》した内容と嚙《か》みあっていない気がするのは、やっぱり気の所為《せい》なんだろうなぁと自力で納得《なっとく》してしまった。

　多摩湖さんは不満げな表情を少しの間維持《いじ》していたけど、感情の整理がついたのかデフォルトの、微笑《びしょう》含《ふく》んだ顔立ちに戻《もど》る。そしてまた口を穏《おだ》やかに開く。

「そういえば、さっきのポーカーの最中に気になったことがあるんだよね」

「なに？」

　そこで多摩湖さんは間を置き、思わせぶりに俺の眼球を覗《のぞ》きこむ。多摩湖さんの鳶《とび》色の瞳《ひとみ》に見つめられて、顔の奥までむず痒《がゆ》さに襲《おそ》われる。ぞわぞわと肌《はだ》を伝い、右手の中指だけがビキビキと引きつって上下に跳《は》ねる。

「どっちが先に相手のことを好きになったのかなって」

「……さぁ」間違《まちが》いなく俺っぽいけど、曖昧《あいまい》な態度でごまかした。

あそこまで暴露しておいて、尚羞《なおしゅうち》恥心《しん》は機能していることに感心する。

「卵が先か、鶏《にわとり》が先か」

また例の言葉を、なぞなぞみたいな口調で多摩湖さんが呟《つぶや》く。

それって既《すで》に結論が出ていた気もするけど。ただ、どっちが先かは忘れてしまった。

「たまご……」たまこ。にわとり。かしわ。

多摩湖さんと一緒《いっしょ》にいるから俺は幸せなのか。

俺が幸せだから多摩湖さんと一緒にいられるのか。

どちらが先なのか。なるほど、こいつは難題だ。どんな哲学者《てつがく》も生物学者も解けまい。

「夏休みにさ、一緒に海行こうよ」

「また逃避《とうひ》ですか？」

苦笑しながら尋《たず》ねると、「んーん」と多摩湖さんの首と髪《かみ》が左右に振《ふ》られる。

「今回は好奇《こうき》心溢《しんあふ》れる冒険《ぼうけん》。ズバリ、失われた財宝を探し求める旅」

「それ、多摩湖さんが五月に無くした財布を探すだけじゃん。もう無理だから！」

ちぇー、と多摩湖さんが可笑《おか》しそうに顔を緩《ゆる》めながら、唇《くちびる》だけ尖《とが》らせる。時々顔を出す、そういった子供っぽい一面が多摩湖《たまこ》さんの魅力《みりょく》を倍加させる。調味料みたいなものだ。

暫《しばら》く二人でニヤニヤしながら、準備室の入り口をぼんやり見つめていた。

廊下《ろうか》からは響《ひび》く足音が失われて、学校備え付けの『学生』の電源を切ったように静まりかえっている。ぼうっと、後ろの窓から入りこみ、耳元を弱く吹《ふ》き抜《ぬ》ける風の音。夕日より柔《やわ》らかく、俺と多摩湖さんを包む午後五時過ぎの夏の日差し。その光が準備室の窓にないカーテンの代わりを務めるようにふわふわと揺《ゆ》れて、俺の肩《かた》を優《やさ》しく覆《おお》う。

良い意味で、俺たちは学校に取り残されているようだった。このまま微睡《まどろ》めば、どれだけ気持ちが良いだろう。だけど多摩湖さんの小さく、けれど確かに傍《かたわ》らにある呼吸の音が聞こえなくなるのも勿体《もったい》なく思えて、下りかけた瞼《まぶた》をゆっくりと開く。

その瞼の動向に呼応させたように、開かれた多摩湖さんの口から、芝居《しばい》がかった声がこぼれ落ちる。

「さて、黄鶏《かしわ》会員。今回のカードゲームについての研究結果を報告せよ」

「はぁ？」

教師の真似《まね》みたいな口調に自分で受けたのか、あどけなく破顔一笑《はがんいっしょう》しながら多摩湖さんが俺を見上げる。いつかの子供会の卓球《たっきゅう》で俺に完封《かんぷう》勝ちしたときも、そんな表情をしていた。

「黄鶏君も立派な会員なんだからちゃんと考えてね。今日の夜、電話するから」

「……はいはい」

研究結果ねぇ。

では早速《さっそく》、夜など待たずしてはっぴょーう。

ズヴァリ、もどかしい男女の仲を深めるには脱衣《だつい》ポーカーが一番！

「……ただし、変態カップル限定で」

バカップルだと無難に盛り上がるか、単なるプレイの一環《いっかん》になるだけです。

「いや変態なのは黄鶏君だけだから」

多摩湖さんが言う。

「いやいや負けず劣《おと》らずどころか足下《あしもと》にも及《およ》ばない変態ぶりを多摩湖さんは……」

じゃれあうように、なすりつけあう。

これが俺と多摩湖さんの、平均的に愉快《ゆかい》な一日。

卵でも鶏《にわとり》でも、両方がこうして一緒《いっしょ》にいられるのなら、先は好きに譲《ゆず》るよ。ホントさ。

まあこの後に譲りあいが加熱して、更《さら》なる秘密を温泉の源泉みたいに掘《ほ》り当ててしまうのだがそれはまた別の話。

珍《めずら》しく活動した、本日のカードゲーム研究会の結果報告は、ここらでお終《しま》いだ。

『多摩湖さんとキスババ抜き』

俺としては、多摩湖《たまこ》さん＞文化祭なのだ。まずそこを前提として頂きたい。

というか大抵《たいてい》の場合、多摩湖さん＞有象無象《うぞうむぞう》は揺《ゆ》るがない。

多摩湖さんスゲー。俺の中で他《ほか》のたくさんの価値観を伐採《ばっさい》しても、何も気にならないぐらい。

さて。

文化祭の季節だった。夏休みを通り過ぎて、九月下旬《げじゅん》。まだ日中は熱が栄えている。残暑が消えない内に、夜祭りの勢いと共に学校の祭りを盛り上げようって趣旨《しゅし》かは、知らない。

俺の通う学校の文化祭は、去年に関してはそこそこの盛り上がりだった。青春すんのバカクセーと冷める奴《やつ》、一丸となって火の玉にでもなろうぜな奴。教室には大体半々ぐらいで、逆にどちら側《がわ》に荷担《かたん》しても良いと受け皿が二枚あるのは寛容《かんよう》な学校なのかも知れない。

去年の俺は、比較《ひかく》的冷めた側に属していた。頼《たの》まれればクラスの出し物の準備も手伝ったけど、自主的には動かない立ち位置を確保。凡庸《ぼんよう》な男子生徒Aって感じだった。

だけど二年生になった今年は、どうもそんな立場ではいられないようだ。

『文化祭も四年目だからねー、達人っていうか生き字引？　みたいだよね』

などと言っちゃう多摩湖さん率いる我がカードゲーム研究会（会員二名）も、来《きた》るべき文化祭に備えての準備に着手していた。学校側から非公認《ひこうにん》の同好会が、大っぴらに文化祭で活躍《かつやく》していいのかなーと疑問だけど、多摩湖さんのことだから色々と無視して行ってしまうだろう。それに俺も参加させられるわけだ。

ちなみに多摩湖さんとは勿論《もちろん》、成人式を高校二年生の時点で迎《むか》えてしまう下級生のことであり、俺の彼女で、健全なカップルなのである。留年の達人でもあり、当然ながら人に自慢《じまん》してはいけない。朝昼夜、いつ眺《なが》めようと何物にも染められる様子を見たことがない藍《あい》色の髪《かみ》に、年上の包容《ほうよう》力を兼《か》ね備えた目もと口もと、胸《むな》もと。……こほん。

とにかく、この世の男性諸氏が『理想のおねえさん像をフランケンシュタイン計画』に脳内で着手した場合、高確率で完成しそうな逸材《いつざい》なのである。いやはや、我ながら凄《すご》い人と付きあっているものだ。

その多摩湖さんが本日日曜日、我が家にやって来ることになっていた。文化祭の準備が云々《うんぬん》という理由らしい。といっても夏休み中にも何度か訪ねてきたことがあるので、思春期的な心臓の動悸《どうき》は大分薄《うす》れていた。毎回あんな風に、心拍《しんぱく》数が東京の電車の乗客クラスに増加していたら俺の寿命《じゅみょう》が確実に縮まる。

それでも毎回、午前中に部屋は掃除《そうじ》して（初回はアポなしで一切《いっさい》の前振《まえふ》りなく玄関《げんかん》前に現れたので、三夏分ぐらいの肝試《きもだめ》しを味わった）換気《かんき》もすれば、エアコンのフィルターも掃除する。普段《ふだん》は家事など何も手伝わない息子《むすこ》が朝から騒々《そうぞう》しい為《ため》か、両親には多摩湖さんお迎《むか》え前の儀式《ぎしき》だと三秒ぐらいで見抜《ぬ》かれる。今日だってそうだ。居間で爪《つめ》の手入れをしている母親は多摩湖《たまこ》さんと面識があるけど、『あの子は不純な異性じゃなさそうだけど、交遊が不純なのは駄目《だめ》よ』と大きくお世話を焼いてくださった。聞き流したのは言うまでもない。ちなみに父親は縁側《えんがわ》で、足の裏の皮を朝から削《けず》って手入れしている。出来ればそういうことは、玄関《げんかん》から見えない位置でやって欲しい。

そんなそこそこ慌《あわ》ただしい午前中が過ぎて、多摩湖さんが黄鶏《かしわ》家の前に姿を見せたのは午後一時前後だった。正午が訪《おとず》れてからは呼《よ》び鈴《りん》が鳴るまで階段で待機して、母親が真っ先に出迎《むか》えないようにと構えていた。高校生とはとかく、両親に気を遣《つか》わねばいけない生き物なのである。独《ひと》り暮《ぐ》らしに憧《あこが》れる年代なのだ。いるか知らないけど青春男なら分かってくれるはず。

呼び鈴と共に階段を何段も飛び降りて、体育の時間の数倍アグレッシブに玄関の戸まで到着《とうちゃく》して鍵《かぎ》を外す。廊下途中《ろうかとちゅう》まで歩いてきていた母親の「あらあら」という声を背に、扉《とびら》を押した。外の景色が目に映りこんだ瞬間《しゅんかん》、太陽が二つあると錯覚《さっかく》してしまった。アアゴメン、片方は多摩湖さんだった！　という定番に石を投げられそうな感想を踏《ふ》まえて、多摩湖さんとご対面。

「ちはッス」と多摩湖さんが敬礼するように指先をこめかみにつけて、おどけて挨拶《あいさつ》。

「こんちゃ」こっちはだらしなくなりすぎないように笑って、指を開閉させて挨拶し返す。

本日の多摩湖さんは見慣れた格好というか先月、夏休み中の金曜ロードショーで見たサ○ーウ○ーズのヒロインと同じ服装だった。それに青色の鞄《かばん》の紐《ひも》を肩《かた》に引っかけている。多摩湖さんも見ていたのかな、と考えるだけで同じ時間に同じものを見つめていた共有の感動に胸が熱くなる。しかも可愛《かわい》い。世界に得が満ちる。

「何笑ってるの？　どっか可笑《おか》しい？」

多摩湖さんが俺の様子を窺《うかが》うように微笑《ほほえ》みながら、小首を傾《かし》げる。ワンピースの裾《すそ》を摘《つま》んで、自分の姿に不備がないかを確かめているようだった。あるはずがない。強《し》いて言えばその露出《ろしゅつ》している膝小僧《ひざこぞう》がけしからん。眺《なが》めているだけでつい跪《ひざまず》きたくなってしまう。

「ご飯食べてきた？」

「うん。黄鶏君と一緒《いっしょ》に食べようかなーって思ったけど、それよりお楽しみがあるから」

にしししし、と悪戯《いたずら》小僧っぽく笑う多摩湖さん。その可愛さは何考えて生きてんのあなた、と無理にイチャモンつけたくなるほどであるのだが、「お楽しみ？」微妙《びみょう》に嫌《いや》な予感がした。

「まーまー、取《と》り敢《あ》えず部屋行こうよ」

多摩湖さんが俺の胸を手の付け根で押して、「お邪魔《じゃま》しまーす」と中へ踏みこんでくる。

「いらっしゃーい」と母親が廊下から答えてきて、微妙に後退したくない気分に陥《おちい》った。

三和土《たたき》にサンダルを脱《ぬ》ぎ散らかした多摩湖さんに背中を押されて（途中で何とか反転した）、つっかえた電車ごっこのように階段を上っていく。なんかはしゃいでるなー多摩湖さん。こんな風にテンション高いのは、部室（と言い張る美術準備室）で脱衣《だつい》ポーカーに興じた日以来ではないだろうか。……だから悪寒《おかん》がするんだけどねー。

二階に上がってから、扉《とびら》の開け放してある俺の部屋へそのまま二人で入る。窓も全開で、室内には風車がカラカラと小気味よく回る音がした。以前、唐突《とうとつ》に旅に出た多摩湖《たまこ》さんから観光地土産《みやげ》として貰《もら》ったものが窓の縁《ふち》の植木鉢《ばち》に刺《さ》してあるのだ。卒塔婆《そとば》のように少し傾《かたむ》いている。

「ふんふふーふんふふー、んっふふっふふー」

「ご機嫌《きげん》ッスねー。なんの鼻歌だろ、それ」

「やっだー。これぐらい分かってくれなくちゃ黄鶏《かしわ》君ったら」

バンバン肩胛骨《けんこうこつ》を叩《たた》かれる。骨の軋《きし》みは、不安に軋む心と連動するようだった。

ちなみに俺が一方的にベロチューしたダルマ（キスの練習の相手。お互《たが》いにファーストキスでした）は棚《たな》の上で、壁《かべ》の方を向いて貰っている。多摩湖さんとダルマを同一視していたのに、張本人とご対面させたら気恥《きは》ずかしいじゃないか。

ぼくらはてをにぎるのもはじるようなけんぜんなおつきあいをしているんだー。

多摩湖さん用にと一階から拝借《はいしゃく》しておいた座布団《ざぶとん》への着席を「どうぞどうぞ」と勧《すす》める。

「ありがと」と短く礼を言って、足を崩《くず》して多摩湖さんが座った。それから鞄《かばん》の紐《ひも》を肩《かた》から外して床《ゆか》に置く。文化祭の準備用の道具でも入れてきたのかな。取《と》り敢《あ》えず向かいあって座る。

健全なカップルは隣《とな》りあって座りこむのかな？　他《ほか》の友達とそんな会話が弾《はず》んだことないから、カップルの常識はよく分からない。ただしそこらのバカップルと一緒《いっしょ》にされるのは勘弁《かんべん》だ。節度あるお付きあいをしています、って多摩湖さんのご両親には説明したよ。キスどころか手も握《にぎ》ったことがない割に、俺たちには初々《ういうい》しさが足りないような気がしてならないけど。

「しっかし、今日もあっついよねー。足の裏がちょっと溶《と》けて身長縮みそうだったよ」

髪《かみ》の毛《け》を手のひらで撫《な》でつけながら、多摩湖さんが恨《うら》めしそうに、窓から覗《のぞ》ける太陽を睨《にら》む。

唇《くちびる》を尖《とが》らせてぷふーと異議を含《ふく》んだような息を吐《は》く。

「お茶とか持ってこようか？」

「あーいい、黄鶏君家《ち》でのお客さん扱《あつか》いはいらないんだぜ」

ぶんぶん、と手のひらを振《ふ》って拒否《きょひ》した。浮かしかけた尻《しり》を床に戻《もど》す。で、多摩湖さんは部屋の中をキョロキョロ。訪《おとず》れたのは何度目かだし、目新しい物は増えてないと思うけど。

俺が秘蔵している多摩湖さんアルバムの場所もまだ発見されていないようだし。

「安心した」と多摩湖さんが息を吐いて肩の力を抜《ぬ》く。

「なにが？」

「黄鶏君の匂《にお》いを土曜日挟《はさ》んでも忘れてないなぁって」

「ぐへぇ」

多摩湖さんの先制攻撃《こうげき》に舌が溶けかけた。

ちくしょう、帰ったらすぐに床を這《は》いずり回って今日の多摩湖さんの抜け毛を採取《さいしゅ》してやる。

「ところで一緒《いっしょ》に買ったえっちい本はまだ元気？　偶《たま》に日干しとかしてるの？」

「それで今日は、えーと文化祭の準備？」

強引にスルーした。脳内で多摩湖《たまこ》さんが吹《ふ》っ飛んで宙を舞《ま》う姿がイメージされた。

そもそも俺は文化祭で、どんな出し物を行うかの説明もされていない。今までにやったことは厚紙を切って貼《は》って彩色《さいしき》してのチップ作りだ。カードゲーム研究会だから、勝負の場でも設けるつもりだろうか。

「あーあれ嘘《うそ》」

多摩湖さんがもの凄《すご》く得意げな表情で、手を左右に振《ふ》る。ついその手の動きを目で追いながら、「嘘?」と発言の内容について疑問を募《つの》らせる。

「すまん、ありゃ嘘だった」

「なんで言い直したんですか」いや分かるけど。昨日読んだりしていたのかな。

「いややっぱ嘘違《ちが》うよ。予定変更《へんこう》。今日は黄鶏《かしわ》君とのお楽しみ会になりました」

対外的に印象の良くなる表現に急遽《きゅうきょ》差し替《か》えてきた。その胡散臭《うさんくさ》さよりも、お楽しみ会かあ、子供会の企画でそういう名前の会があって、そのときに卓球《たっきゅう》したのが多摩湖さんと遊んだ最初の記憶《きおく》だったなぁ。当時はそれが最後になると思っていたけど。なんて俺が一人で酸《す》っぱい思い出を噛《か》みしめている間に、多摩湖さんは青い鞄《かばん》のファスナーを力強く開いて、「ズワァーン」と巻き舌全開で何か取りだした。

それは任○堂と刻印された黒色のトランプケースで、ただ、中に収められているカードの色や質感が見慣れない。プラスチック製ではないトランプカードを見るのは初めてかも。

「これね、自作トランプなの。昨日徹夜《てつや》して作ってきた」

「ふむふむ？」徹夜好きだな、この人。

長方形に切られた厚紙の上に黄色の折り紙が貼られている。黄色は多摩湖さんの好きな色であり、俺の名字にも用いられているから縁起《えんぎ》が良い。かどうかは後半だけ定かじゃない。ちょっと安っぽく目に映るこれが裏側《がわ》のようなので、ひっくり返す。「ん？」

カードはA《エース》だけど、中央に書かれているのは『お腹《なか》』という二文字だった。ONAKAはOであり逆から読めば一応、Aから始まる。しかしそんな強引な解釈《かいしゃく》が必要な、知恵《ちえ》絞《しぼ》りトランプなのかな。もう一枚手に取ってみる。Aでこれもやはり『お腹』。2はどうだろう。

纏《まと》められていたカードをばらして、2を取りだす。2の中央は『耳』だった。どうも人体の部位が各カードの数字ごとに宛《あて》がわれているようだ。3は『手』。4は『足』といった具合だ。

「何ですか、このトランプ」

そう聞かれるのを待っていたとばかりに多摩湖さんが唇《くちびる》を吊《つ》り上げて、そして拳《こぶし》も振り上げた。身に覚えのある嫌《いや》な予感が駆《か》け巡《めぐ》る。そう、それは、夏の脱衣《だつい》ポーカーを連想させる。

「キスババ抜《ぬ》きをしよう！」

「…………………………は？」

そりゃあキスのお相手にお婆《ばあ》さんまで含《ふく》めたくないのは健全な高校生の本音であり、というかそもそも多摩湖さん以外とキスなんてあり得ないのだけど、え、意味が分からない。

「早速いっかいせーん」

多摩湖《たまこ》さんが待ったなしにカードのシャッフルを開始する。ババ抜《ぬ》きを二人でやるんだから意味ありますかそれ、とかそういうことじゃなくて、「ちょっと待った」カードの山を掴《つか》む。

「あ、コラコラ。そんな持ち方したら、プラスチック製じゃないんだから曲がっちゃうよ」

「そういうご指摘《してき》は重々承知したので、キスババとやらを説明して」

「分からんかね？」

「サッパリでさぁ」

うむうむ、と多摩湖さんが期待通りの反応に満足するように首肯《しゅこう》する。それから両手でカード切りを再開しつつ、その艶《つや》やかな唇《くちびる》を開いた。

「ではちゃんと聞くように」先生風の口調を装《よそお》う。

「はい」

「耳の穴ちゃんとかっぽじった？」

「しっかり開いてますからはいどーぞ」

うむうむ、と多摩湖さんが以下略。

「基本はただのババ抜きです。でも一つ違《ちが》うのは、このババ抜きで負けた方は、最後まで残った手札に書かれた場所に、キスをしなければいけないのです」

「……キスですか」

「キチュなのです」

昔話のお姫様《ひめさま》と王子様の馴《な》れ初《そ》めを語るような口調での説明だったけど、でも内容が王様ゲーム級に乱れていた。風紀委員会が休日出動しかねないほど。

風車の回転に合わせて、俺の眼球も回る。視界のうねりが三半規管《さんはんきかん》を乱した。

「キスって、自分の身体《からだ》に？」俺、そんな身体柔《やわ》らかくないですよ。背中とか無理だし。

「いやいや、相手に決まってるじゃないの」

なーに言ってんの、とばかりに多摩湖さんが細めた目と笑顔《えがお》で呆《あき》れた声を出す。

ぐき、と眼球の周りの肉と神経が寄せて集めて弾《はじ》けそうになる。俺が負けたら、多摩湖さんのお腹《なか》とか、手とか足にキスすんの？　俺が？　それって負けてなくない？

え、ていうかキスって口づけ？　だよな？　すんの？　うひょい。

「ちなみに負けてカードをシャッフルする方が一枚だけカードを抜いて、その回のババを決めることが出来ることにするね」

平気な顔してルール説明を続けてしまう多摩湖さんの落ち着き方と、俺は対照的だった。内面で渦巻《うずま》くものは風車を追い越《こ》して黄金長方形の回転を成立させて、ギュルギュルと胃腸をかき乱す。胃液が水の玉となって、胃の中でピエロ（モコモコの服を着てメイクした多摩湖さん）に玉乗りとして利用されている音のようにゴロゴロ、耳元で何かが鳴っていた。

「いやいや！　いやいやいや！」具体的に何を口にすればいいか思いつかず、とにかく叫《さけ》ぶ。

徹夜《てつや》して考えたゲームが脱衣《だつい》ポーカーから三ミリぐらいしか成長していない！　アダルトな多摩湖《たまこ》さんの発想は思い立ったらとにかく形にしちゃ駄目《だめ》です！　と言いたいのか俺は。いやでも、キス。俺の部屋で多摩湖さんにキスしたりされたり。げほ。高校二年生を色ボケの海に沈没《ちんぼつ》させるには十分すぎる字面《じづら》だ。いや既《すで》に十分そうなっているとかそんな指摘《してき》はさておくとしても。

シャッフルを終えたカードを投げるように配りながら、多摩湖さんが目を伏《ふ》せて言う。

「この間、黄鶏《かしわ》君がダ、ダルマとキスしてた話を聞いて決心したのよ」

「いやそれ口に出して言わないで」

ダルマまで照れて真っ赤になりますから。あ、元からかな。つまりいつも照れているわけかシャイな奴《やつ》だな、なんて現実逃避《とうひ》している場合じゃない。

人差し指を立てて、若干《じゃっかん》赤面しながら多摩湖さんがおねえさんぶる。

「そろそろ私たちもキスの練習をしないと駄目かなって」

そろそろって。付きあって四ケ月目だと、もうそこまで進んでいいのか。いやこんなゲーム行うカップルは脇《わき》の獣道《けものみち》に逸《そ》れているんじゃないのか。

「俺たち、手を繋《つな》いだこともないのに」初めて手に触《ふ》れたのが唇《くちびる》でしたとかどうよ。

多摩湖さんは親指を立てて、むふーっと鼻息荒《あら》く付け足す。

「安心して、このトランプに唇のカードはないから。あくまでこれは練習よ」

「……いや、それが何か一番間違《まちが》っている気も」

ハードル走ばりに色々飛び越《こ》えて、別次元の行為《こうい》に至っているような気がしないでもない。全部のカードを確認《かくにん》したわけじゃないけど、他《ほか》にどんな部位を書きこんであるのだろう。

多摩湖さんの想像力を侮《あなど》ってはいけない。いや正確に言うと想像力ではなく、想像したことをそのまま実践《じっせん》してしまう行動力に驚嘆《きょうたん》するべきなのだ。

「さー、ゲームの時間よ。もう少し詳《くわ》しいルールはやりながら説明するということで」

配り終えたカードを拾い集めて、扇《おうぎ》のような形を作って多摩湖さんが口もとを隠《かく》す。そして不敵にふふふと含《ふく》み笑《わら》いをこぼした。この多摩湖さん、ノリノリである。

「って、ホントにやるのかよ！」

あらデジャビュ。前回もそんな風にいきり立った記憶《きおく》がある。しかし言わないと何だか落ち着かない。勿論《もちろん》、「徹夜の成果を見せてあげるわ！」と意欲に満ち溢《あふ》れた多摩湖さんには、そんなタワゴトめいた意見など一蹴《いっしゅう》される。徹夜の所為《せい》か、ネジの外れた上機嫌《じょうきげん》ぶりだった。

「せやー！　りゃー！」とペアのカードを放《ほう》り捨てている。その様子や仕草、足を崩《くず》した座り方の全《すべ》てに参って、はー、と表向きは肩《かた》を落とす。玄関《げんかん》で出迎《むか》えて上機嫌の時点で、ここまで察するのは難しかったよなー、でも多摩湖さんをもっと深く理解しないとなー、という反省の溜息《ためいき》だった。キスババ抜《ぬ》きに対する嫌気《いやけ》では断じてない。

というか実は諦《あきら》める気なんかほとんどなかった。彼女とのキス（変則）という天上からこぼれた蜜《みつ》が高校二年生にとってどれほどの原動力になるか、皆様《みなさま》ご一考頂きたい。

　配られたカードをかき集めて、他《ほか》の数字を確認《かくにん》してみる。二人のババ抜《ぬ》きなんだから、手持ちは最初からババともう一枚だけでゲームが成立するのになぁ、と思いつつ。

　5が『ほっぺ』。これはまぁ、まだ微笑《ほほえ》ましいかも。でも6が『首筋』。想像するだけで舌の上の唾液《だえき》が蒸発しそうだ。更《さら》に8は『頭皮』。口づけというか丸かじりに移行しそうだ。

ペアのカードを放《ほう》る度《たび》に自分の肌《はだ》から熱が剝《は》がれて、頭が真っ白に染まっていく感覚に苛《さいな》まれる。頭がホワイト・アルバム（白紙の思い出）となりそうだ。ポイポイと魅惑《みわく》的な単語の載《の》ったカードを中央に放り捨てる手が、途中《とちゅう》で停止する。

　9の『眼球』も相当危険だけど、俺の時を止めた極《きわ》めつけはキング、なんと『脇《わき》』だった。

脇て。脇キング？　ワキング？　多摩湖《たまこ》さんの脇に唇《くちびる》を添《そ》えて、舌を這《は》わせる……あわわわ。

一昔前の少年漫画《まんが》の主人公だったら絶対、鼻血噴《ふ》き出している。

　いや別に常日頃《つねひごろ》から『多摩湖さんの脇には別の宇宙があるようだ』なんて注視しているわけじゃない。でもこう改めるように脇なんて書かれていたら、つい意識が脇に吸い寄せられるのもやむないじゃないか。脇に口づけ。やばくないか？　俺の中で宇宙が一巡《いちじゅん》しないか心配だぞ。

　多摩湖さんの脇にコスモを感じる。神々《こうごう》しい。脇>多摩湖さん？　いやいや、バカか俺は。

　さすがキング、半端《はんぱ》なく王者。その名に偽《いつわ》りなく、俺を統治出来そう。俺が選ぶババは脇一《いっ》択《たく》……ん？　ちょっと待て、これは負けた方がキスするんだよな。じゃあ俺が勝ったら多摩湖さんが俺の脇にキスするわけか？　そうじゃないだろう！　と声を大にして叫《さけ》びたい。

「っし！」

「おー、黄鶏《かしわ》君も気合い十分だ。けどこのババ抜きの恐《おそ》ろしさが分かっているのかなぁ？」

カードを捨て終えた多摩湖さんがふふふのふと挑発《ちょうはつ》めいた笑いをこぼす。むしろ多摩湖さんこそ俺の内なる情熱を侮《あなど》っているのではないだろうか。

青春を脇に捧《ささ》げる気概《きがい》を舐《な》めてはいけない。俺はカードを力強く放り、前屈《まえかが》みに構える。

肩《かた》を怒《いか》らせるように力を込めて、グッと小さな石のように身を縮めた。

脱衣《だつい》から舞台《ぶたい》はキスへ！

こうなったら脇ババで絶対に負けてやる！

ということで本日のカードゲーム研究会は、キスババ抜きで盛り上がることになった。

両親が存在する我が家の中で、風車と共に謎《なぞ》のゲームが回転を始める。

煮《に》えたぎる血管の中を巡《めぐ》るのは、ババ抜キスの方が発音は綺麗《きれい》だよな、なんて空想する余裕《よゆう》と余地も残さない三十八度の情熱だった。そんな歌詞があった気もする。

厳《おごそ》かな雰囲気《ふんいき》すらたたえて熱球に包まれる、残暑の日曜日。

今日の自室の熱は、あの夏の部室より身近に迫《せま》ってきそうだった。

今年の夏は、夏祭りに多摩湖《たまこ》さんと一緒《いっしょ》に出かけられなかったのが遺憾《いかん》である。

俺の住む街は都市部と田舎《いなか》部の両方が色々と争うことが多い。で、俺や多摩湖さんの家は都市部にあった。そこまではいい、大抵《たいてい》の夏祭りは都市の人が主導となって催《もよお》されるからだ。

だけど今年は違《ちが》った。何だか知らないけど草野球で商店街側《がわ》が珍《めずら》しく勝って、夏祭りの開催《かいさい》場所が変更《へんこう》となってしまったのだ。そうなると俺たちも商店街側には行きづらい。ホームランを打ったとか何とか、誰《だれ》の所為《せい》か知らないが、けしからん奴《やつ》もいたものである。

「黄鶏《かしわ》君？　君の番だよ」

風車の回転を目で追って、導かれるようにそんなことを思い返していたら、多摩湖さんに意識の袖《そで》を引っ張られた。「あっ、はい」と視線を中途半端《ちゅうとはんぱ》に正面へ戻《もど》しながら、多摩湖さんの掲《かか》げるカードの扇《おうぎ》から一枚引っこ抜《ぬ》く。二人ババ抜きだから、最後までどのカードを選んでも大差ない。でも多摩湖さん曰《いわ》く、「そこまでの間がいいんじゃないの」だそうだ。

ま、確かにカードゲームしているって感覚を生むやり取りではあるけど。

5のほっぺカードをペアで手放す。「……うーむ」多摩湖さんは何をババに選んだんだ？　それを推理《すいり》するというか、想像する時間としては、この過程も凄《すご》く優秀《ゆうしゅう》だなぁ。

「うりゃ」と多摩湖さんが真ん中の7カード、太ももを引っこ抜いて手札と共にポイポイ放《ほう》る。

……太ももいいなぁ。だけど俺が口づけるのはいいけど、逆なんか何か意味があるのか？　産業廃棄《はいき》物的行為《こうい》じゃないか？　そう考えだすと、このゲームの着目すべき点が見えてきた。

勝利（欲望）への感覚が見えてきた感じ。眼球がシュルシュルと回転している気がする。例えばほっぺにキスは、多摩湖さんにして欲しい。首筋にキスは、俺が多摩湖さんに施《ほどこ》してみたい。キスの矢印の方向に理想の形があるのだと悟《さと》った。

つまり勝敗をコントロールする方法が必要なわけだ。必勝法、もしくは必敗法。

そんなことが出来るのだろうか。ただでさえ、二人でのババ抜きは単純なのに。イカサマ、マーキング？　でもババが固定じゃないから、全《すべ》てのカードに別々の印をつける必要がある。そんな暇《ひま》も覚える脳みそも俺の手もとにはない。自作カードだから、別のトランプを用意してすり替《か》えることも不可能だ。なんて可能性を潰《つぶ》しつつ、多摩湖さんからQ《クイーン》を引っこ抜く。ちなみにQは『膝《ひざ》の裏』って書いてある。俺の心をピンポイントで突《つ》いてくるとはさすが多摩湖さん。

「あ、一個だけ言い忘れていたルールがあった」

カードを引っこ抜く手を途中で止めて、多摩湖さんが『うっかり』といった様相を表しつつ呟《つぶや》く。そのぽっかり空いた口もとに俺の唇《くちびる》が重なるのは一体どれほど後になるのかな。

「はい？」

「一回ババになったカードはもうババになれないの。だから十二回戦ね、これ」

「なにィ！」

「あ、黄鶏君があっさり抜かれる名もなき雑魚《ざこ》キャラの顔になった」

はにかみながら、多摩湖さんがカードを抜く。3の手が消えた。俺の雑魚驚《おどろ》き顔はまだ継続《けいぞく》中と思われる。漫画《まんが》の一コマの隅《すみ》っこに追いやられた意識がまだ戻《もど》ってきていない。

　機会が一度だけ……だと……。脇《わき》、脇、脇は禁止？　ルール違反《いはん》？　そもそも多摩湖《たまこ》さんにキスするということ自体が半ばルール違反ではないでしょうか！　いや落ち着け！　なんだ俺は、気持ち悪いぞ！　いや普段《ふだん》から比較《ひかく》的気持ち悪い想像を多摩湖さん絡《がら》みでいっぱいしてるけど、これは輪をかけている！

「どしたの黄鶏《かしわ》君。絞《し》められた鶏《にわとり》みたいに顔色青くなってるけど」

「ハハハ、いやちょっとこの部屋空気が薄《うす》いッッスね二階だから！」

「ッが一個多くなかった？」

　突《つ》っこむところそこかよ！　ていうか今、どうやって発音しましたか。

　多摩湖さんがどういう思考回路を持ちあわせているのか、俺にはさっぱり分からない。

　いや多分、最初に話したキスの練習っていう動機以外、何もないんだろうけど。多摩湖さんはそーいう人だ。そこがいいのだ。辛抱堪《しんぼうたま》らん。バカップルじゃないからべた褒《ぼ》めはほどほどにしよう。いやぁでもベタっていうか世界の常識に近い（以下略）。

　手もとのカードはお互《たが》いに残り四、五枚。脇キングはまだ俺の手もとに残っている。初回から脇だったらどうしよう、心の準備がまだ出来ていない。他《ほか》のカードは4の足、9の眼球、Q《クイーン》の膝裏《ひざ》。足と膝裏は俺、眼球は多摩湖さんが舐《な》めると素敵《すてき》なんじゃないでしょうか。あ、舐めるんじゃなくてキスだったたっけ。でも眼球にキスされるのは少し怖《こわ》いな、吸われたらどうしよう。

いやいや、案外未知の多摩湖さん性癖《せいへき》が花開くかも知れない。多摩湖さんが何かしらの行動をする度《たび》に俺の性癖は開拓《かいたく》されて、水平に広がっていくのだ。

「さぁ、カードをお取りなさい」

ずずいと右手のカードを、俺の眼前に突きだしてくる。仕こんだ手品に付きあわせるように不敵な態度。多摩湖さんお手製のカード、自作ルールのババ抜《ぬ》き……イカサマの可能性もあるのか？　いや、多摩湖さんはそういう人じゃないな。手先も不器用だし。頑張《がんば》り屋さんなのである。カードシャッフルの練習で二週間分の放課後を費《つい》やした人なのだ。

「などと褒め称《たた》えつつ俺はカードをその手から引き抜いた」

「何を急にナレーターしてるの」

脇だった。いや引いたカードが。手元から捨て去るのが少し名残惜《なごりお》しいけど脇が消える。寂《せき》寥《りょう》感を含《ふく》みつつも、ホッと一息を吐《は》く。勝負の時までに必敗法を見つけたい。あるのかそんなの。今の内に次善の策として、なんかの神様にでもお祈《いの》りしておいた方がいいかも知れない。

多摩湖に神様はいるのだろうか。いるのであれば、その神の加護を願う。

そこからはゲームが少し加速して、「ほりゃ」「ほほい」「ほいほい」「ほほーい」などと引き抜きあって、残るのは俺が二枚、多摩湖さんが一枚となる。多摩湖さんがババじゃないカードを俺から引いたら、その時点で一回戦は終了《しゅうりょう》だ。

俺の手元には4の足、Qの膝裏。多摩湖さんの足、多摩湖さんの膝裏。南半球を彷彿《ほうふつ》とさせる領土がそこには広がっていることだろう。負けたい。ここはどっちでも敗北したい。

「さー、心の準備はいいかな?」

多摩湖《たまこ》さんが人差し指をくるくると回しながら、ニヒヒと笑って俺の反応を窺《うかが》ってくる。右、左と人差し指の先端《せんたん》を二枚のカードに交互《こうご》に向けて、俺の顔色の変化を見極《きわ》めようとしている。

「ちょっと待って、シャッフルするから」

その手に乗るか、とばかりにカードと両手を背中側《がわ》へ隠《かく》して、適当にかき混ぜる。

その間、多摩湖さんと俺は見つめあい、「ぬふふ」「ぬへへ」と不気味に笑って牽制《けんせい》を続ける。心理の天秤《てんびん》が傾《かたむ》くことで、単純な二分の一はその確率を変動させる。多摩湖さんとの心理戦、って俺が敵《かな》うはずないんだけど、そこは愛と勇気とか不確定な代物《しろもの》で根性カバーだ。目だけは逸《そ》らさない。見つめあわない時間が勿体《もったい》ないじゃないか。

「はい、どうぞ!」

片手に一枚ずつカードを握《にぎ》って、多摩湖さんの眼球を左右それぞれに散らすように突《つ》きだす。そもそもどちらがババとして選ばれているか不明なのだから、祈《いの》りにも指針がない。

多摩湖さんは数秒、左右をキョロキョロと見比べるように見渡《わた》してから、スパンと小気味良い音が鳴りそうな勢いで右手のカードを引っこ抜《ぬ》く。それは膝裏《ひざうら》のQ《クイーン》だった。

手に取ったカードを高々と掲《かか》げたまま、上目遣《うわめづか》いで多摩湖さんが確認《かくにん》する。そしてそのカードをパラリと手のひらからこぼして、典雅《てんが》と表するに相応《ふさわ》しい柔《やわ》らかな微笑《びしょう》を浮かべた。

「私の勝ちだねぇ、黄鶏君《かしわくん》」

「わおっ」やった、と言いかける舌の先端《せんたん》を丸めて自制する。

もう一枚のカードを手の中でひっくり返す。膝裏。つまり俺の手もとに残った4の足がババ。

背中を覆《おお》っていた勝負の熱がざぁっと蟻《あり》の大群のように下へ下へと移動していく。通り道である腰《こし》が疼《うず》き、イカを食べた猫《ねこ》のようにガクガクと支えが抜けていくようだった。

「負けかぁ」多摩湖神（仮）、ありがとう。webページ常連者という御利益《ごりやく》かな。

「はい、黄鶏君が私のあんよにキス決定」

そう言って右のおみ足を俺の前へ惜《お》しみなく差しだす多摩湖さん。艶《なま》めかしさはないけれど真っ白な美肌《びはだ》で、そこに口をつけることはこの九月に、降り積もった雪に顔を突っこむ行為《こうい》を連想させる。足、にキスですと。下僕《げぼく》？　俺は下僕？　あれ、なんか心臓がドキんこ。

足の動きに合わせてワンピースの裾《すそ》が無防備に捲《めく》れて、それが一層の嵐《あらし》を俺の中に呼びこむ。眉間《みけん》とこめかみがズキズキする、期待感に胸膨《ふく》らんだ影響《えいきょう》で。大丈夫《だいじょうぶ》なのか俺は。

「黄鶏君の足も捨てがたいけど、勝っちゃったから仕方ないね」

鶏《にわとり》の足は珍味《ちんみ》ですもんね、ってそういう問題じゃないか。

多摩湖さんが跪《ひざまず》いて俺の足を舐《な》める。足の裏とか、指とか……あ、キス？　だっけ舐めるじゃなくて。つい舐めるって発想が先行してしまう。変態カップルの基本だね。でもなんか想像すると……ぞわぞわする。カーンと額を殴《なぐ》られているのに、一本何かが自分を貫《つらぬ》いて快感というか、目眩《めまい》に近い症状《しょうじょう》を引き起こす。うう、想像だけでこれなのに、現実だったら俺はどうなってしまうんだろう。エイリアンに改造手術されるように、別人に変貌《へんぼう》していたかも。

「さぁ、キ、キスの時間よ」

うりうり、と足の先で俺を押してくる。俺はダルマのように転がりたい衝動《しょうどう》に立ち向かって、むしろ前へ出る。ダルマは後ろに転がるばかりが芸じゃないのだ、キスの練習台にもなる。

「でもあ、足って足の何処《どこ》ですか」

「え？　ええっと、そ、それは黄鶏《かしわ》君のセンスによるよね」

少々動転気味に丸投げされた。さてはキスババ抜《ぬ》きという発想だけで満足して。その後についてはあまり考えてこなかったに違《ちが》いない。留年経験豊富な多摩湖《たまこ》さんはそういう人である。

「じゃあ、こう、現地で考えるッス！」

ということでさし当たっては四《よ》つん這《ば》いになって犬が餌皿《えさざら》に顔を突《つ》っこむように、多摩湖さんの足の甲に顔を近寄せる。グッと身体《からだ》を屈《かが》めて、それだけで意識が遠《とお》退きそうだった。ぽうっと、世界全体が淡《あわ》い。ああ、多摩湖さんの足は目映《まばゆ》い。世界ってこんなに綺麗《きれい》だったのか。

「ジーッと見られてると、なんか、ドキドキするよ」

「あ、多摩湖さんも？　俺も、心臓が喉《のど》を食い破りそうなほどバクバク」

「ほ、ほふぅー」

「ふふぇー」

「…………………………」×2。

崖《がけ》の上と下に位置する人間のように上下間で、三秒見つめあった。

「で、では初キス いきます」

「よ、よろしくてよ」

初めてのキス相手は彼女の足でした。もうこの時点で少年誌の主人公は無理そうだ。

そもそも四《よ》つん這《ば》いの服従の姿勢で恥辱《ちじょく》を感じていない時点で、俺は色々と『アウトー!』なのかも知れない。しかし新境地に到達《とうたつ》して荒野《こうや》を見つめることを、誰《だれ》が非難出来ようか。

いざ、と足の裏に手を添《そ》えて、すぼめた唇《くちびる》を足の甲《こう》に近づける。ダルマとのキスの成果を見せつけねば、という不思議な焦《あせ》りが俺の中に芽生えて、唇が割れるようにかさつくのを感じる。

室内は風車のカラカラが他《ほか》の音を吸いこんでしまっているように静かさが際立《きわだ》つ。家の一階からも両親の立てる音はなく、森の奥、湖畔《こはん》でお姫様《ひめさま》の足を洗う男の気分だった。

ただし湖の清らかな水ではなく、用いるのが俺の唾液《だえき》という点が現実の加味だけど。

そうして幾度《いくど》かの目眩《めまい》と耳鳴りの中で、多摩湖《たまこ》さんの足に口づけを果たす。無音で効果音もまるでないけど、吸いこまれるような感覚が唇を中心に生まれる。ずきゅううん。

ドッドッド、と馬が地面を踏《ふ》むような心臓の音が唇を介《かい》して伝わっていないか不安だ。

唇をくっつけたまま、間抜けっぽく多摩湖さんを見上げる。多摩湖さんは真っ赤に染まった頬《ほお》をこそばゆそうに掻《か》きながら、にへ、と照れ笑いを返してきた。うわー、天使だー。

その天使の足に口を添えているなんて、なんかこう、身体《からだ》が熱くなる。沸騰《ふっとう》しそう。

……あーところで時々、というか常々かな。疑問に思っていたことがあるんだけど、キスってなんでチューって俗語《ぞくご》があるんだ？　今行ったとおり、唇を触《ふ》れさせるっていうのは無音だ。じゃあチューって何よ？　犬をわんこって呼んだり、猫《ねこ》をニャー子ちゃんと呼んだりするのと同じ理屈《りくつ》だとするなら、チューっていうのは吸う音なんじゃないか？　俺はそこらへんを明確にしないといけない義務感に勝手に駆《か》られる。今後の為《ため》、将来の為、後に続く健全なカップルの為にと大義名分を掲《かか》げて。

ということで吸ってみた。チューと。「ひゃうわぃ！」多摩湖さんのお尻《しり》が飛び跳《は》ねる。どん、と床《ゆか》が存外鈍《にぶ》い音などしなかった鳥の羽が舞《ま》い降りるような軽い音だったということにして、一階の両親が何か反応しないかと不安になる。でもそれより多摩湖さんの動揺《どうよう》が可愛《かわい》い。ワンピースの捲《めく》れ具合も至福だった。幸せで喉《のど》が噎《む》せ返りそうになる。

「ひゃうい！　何しとん！」

ぞわわーっと鳥肌《とりはだ》でも立ったのか、多摩湖さんの上半身が震《ふる》える。俺は構わず、吸い込んだ多摩湖さんの肌を舐《な》めた。「ひょーい！」サンダルの材質の匂《にお》いに混じって、ほんのりと汗《あせ》の味がする。運動部系男子の流す汗とは別格の味わいだ（と強く信じる）。

口を足から離《はな》すと、早速《さっそく》多摩湖さんがジタバタと手足を暴れさせながら抗議《こうぎ》してきた。

「キス吸う舐めるって食う寝《ね》る遊ぶじゃあるまいしなーにをやっとるか！」

「多摩湖《たまこ》さんの汗《あせ》は光の粒《つぶ》だと確信した」

「黄鶏《かしわ》君がまたも変な方向に開花した！」

多摩湖さんが仰《の》け反《ぞ》る。逆に敗北者の俺はカードをかき集めてやる気満々であることを示す。

「予想より激しいゲームになりそうだぜ」

「黄鶏君がちょっぴり暴走するからじゃない！」

「徹底的《てってい》に舐《な》め続けてやるぜ」

「キスの練習だっつーの！」

ああまぁ、そういう面もある。でもゲームの真の価値に気づいたのだから、俺としてはここからが本番だ。一枚を最初に抜《ぬ》き取ってから、残りのカードを切る。

「さぁ、二回戦の始まりだ」

今回のババは9の眼球。多摩湖さんの目玉に口づけか、逆なのか。どっちにしても更《さら》なる世界の扉《とびら》が目玉という湖の底で眠《ねむ》っている気がしてならない。「うへへへへ」「コラ笑い方！」

混ぜたカードを景気よくポイポイ配る。勝負に関《かか》わるのは最後に残る三枚だけで、しかしそれでもそこまで省略という無粋《ぶすい》な真似《まね》は出来ない。より良い結果の為《ため》に過程はあるのだ。

「このゲームを通じてきっと、多摩湖さんも新境地を切り開くと信じる」

「なんか、黄鶏君主体のゲームのようになってきている……」

むっと唇《くちびる》を尖《とが》らせる多摩湖さんが前傾《ぜんけい》姿勢となり、叩《たた》きつけるようにペアのカードを捨てていく。負けん気を発揮し始めたらしい、でも最初の勝負に多摩湖さんは勝ったのに。

このゲームの勝敗はババ抜きの勝敗と直結していないようだ。キスによってどちらがどれだけ充足感《じゅうそく》を味わったかに集約されている。おお、これこそキスの練習の理想型じゃないか。

まぁ俺は口つけたらそれが何処《どこ》でも舐めるんだけど。

「さぁ来い！」

多摩湖さんが力強くカードの扇《おうぎ》を押しだす。俺もそれを真っ向から受け止めて、カードを一枚奪《うば》い取る。カード界の花いちもんめと勝手に認定《にんてい》したババ抜き、第二回戦の開始である。

「あぁ、脇《わき》……もといキングが早速《さっそく》手もとから消えた」

「何でそんな寂《さび》しそうに謎《なぞ》の発言するの？」

多摩湖さんの無垢《むく》なる指摘《してき》は微笑《びしょう》で受け流した。ただその微笑《ほほえ》みは、皮の裏側《がわ》で必死に筋肉を折り曲げる小人が巣《す》くっているような、異物を内側に感じてしまう笑い方だった。

「む、黄鶏君から悪役のオーラがヒシヒシと」

「むしろ正直者に進化してきていると思う」

熱の奔流《ほんりゅう》が俺の身体《からだ》を好きに改造していく。そして身体が心の在り方を変える。

いいぞ、どんどんやれ。癖《くせ》出していこう。

その後もカードを引き抜いて、「並行世界の自分と出会って消滅《しょうめつ》！」とか二人でキャッキャとじゃれあいながら手札を捨てて、あっという間に最後の二《に》択《たく》の時が訪《おとず》れる。真夏を過ごす人が素《す》っ裸《ぱだか》になる時間より、魅惑《みわく》のカードを失うのは手早い。最後に残ったカードは、欲望の皮をタマネギのように剝《む》かれ続けて中心の芯《しん》がさらけ出されているようだ。壁《かべ》はなく、しかし気高く堂々としている。俺の口もついつい柔《やわ》らかくなる。「眼球舐《な》めてー」

「だから欲望をぺらぺら吐《は》きださないの！　キスの練習に欲望は必要ありません！」

「そうですか？」

「そうなのです、ピュアっぽいのです。さーカードを選択《せんたく》せよ！」

ズビビ、と石造りの効果音が宙を舞《ま》いそうな挙動つきで、多摩湖《たまこ》さんが二枚のカードを俺の眼前に立ち塞《ふさ》がらせる。片方が眼球の9である。さぁ、どっちだ？

二人ババ抜《ぬ》きで唯一《ゆいいつ》、手に汗握《あせにぎ》る選択の瞬間《しゅんかん》。学校生活みたいだ。過程の三年間はある程度いい加減に選択しても何とか過ぎていくけど、卒業後の進路だけは疎《おろそ》かに出来ない。

「ここだ、ここで決めるんだ！」

「そう何度も舐められてたまるかー！」

多摩湖さんも大概《たいがい》ノリが良い。「ほりゃ」右手のカードを取った。俺が右利《き》きだから。人生は何気ない選択をそんな理由で選び続けて、その結果として大事な二択を選ぶ素養を積んでいく。

何かを選ぶときって、そこまでの過程でほとんど答えが決まっているんだなぁ「うわっ、勝った！」ひぃー、と眼球ナインを手放す。多摩湖の神様は少し夢を見させてから蹴《け》落とすのが趣味《しゅみ》なのであろうか。「あー！　負けたー……って黄鶏君が頭抱《かか》えてるよ！　なして？」

カードを放《ほう》り投げて後ろに倒《たお》れこみかけた多摩湖さんが、その体勢のまま復帰してくる。

「多摩湖さんの目玉の味を確かめたかった……」

「魚の目玉みたいな味なんじゃないかな。私、魚よく食べるし」

そういうことじゃないだろう！　今の多摩湖さんの発言には夢がない、ダルマよりない！

「ていうか、黄鶏《かしわ》君が益々《ますます》変態っぽくなってきてちょっと不安かも」

「こほんこほん」

少々熱暴走気味だったかな。風車でも見て落ち着こう。あ、今は回ってないや。風がないってことだから、自覚すると一層の蒸《む》し暑《あつ》さを知覚してしまう。むぅ……暑いから暴走続行。

というか大丈夫《だいじょうぶ》、全然変態じゃない。カップルはみんな脱衣《だつい》とかキスとかしてる。カードゲーム研究会だからそのやり方が少し面白可笑《おもしろおか》しいだけ。ひゃっはー。

瞼《まぶた》を指で押し上げて、充血《じゅうけつ》している部分まで見せながら多摩湖さんに言う。

「じゃ、じゃあ多摩湖さんが俺の目玉にキスを……」

「う、うっすっす」

「舐め舐めを……」

「言い直しになってないって！」

これはこれで認められるかも知れない。恥《は》じらう多摩湖さんという特典もある。

「もじもじ」「もじじ」俺も一緒《いっしょ》になって照れる。多摩湖さんからキスの進呈《しんてい》だなんて。

今度はちょっぴり埃臭《ほこりくさ》いダルマちゃんが相手じゃないのだ。マジパネエって。心臓の鼓動《こどう》が酷《ひど》くて、腎臓《じんぞう》とか肝臓《かんぞう》にその仕事を分担《ぶんたん》させないと過労死するんじゃないかと不安になった。

決意したのか、もじもじ多摩湖《たまこ》さんがずりずりと四《よ》つん這《ば》いで近寄ってくる。

「黄鶏《かしわ》君、上向いて」

「あぎ」

頭部と顎《あご》に多摩湖さんの手が添《そ》えられる。グキ、と矯正《きようせい》するように上を向かされた。喉仏《のどぼとけ》のあたりでビー玉が転がったような痛みが走る。そして、多摩湖さんが天井《てんじよう》となった。

「おおぅ……」

俺の視界を覆《おお》い尽《つ》くす多摩湖さん。眼福《がんぷく》とはこのことを指していたのか。この贅沢《ぜいたく》な景色に早くも勝利の価値を見出《みいだ》す。多摩湖さんの唇《くちびる》が薄《うす》く開かれて、優《やさ》しい桃《もも》色の舌がちらついた。

その仕草に目を見張り、チリチリと赤い線が走るように目を乾《かわ》かす。

「じゃあめ、目薬いきまーす」

ぬぎーっと、上瞼《うわまぶた》と下瞼を多摩湖さんの指が押し広げる。爪《つめ》が食い込んで痛い。公園の水飲み場を利用するときのように耳にかかる髪《かみ》をかき上げながら、多摩湖さんがむーっと唇を尖《とが》らせて目を閉じる。あー俺も、ダルマにキスするときこんな顔してたのか。

「うぎぎ」

多摩湖さん特製の目薬は心には劇薬っぽい。腕《うで》がガチガチに引きつって固まっている。

多摩湖さんの色素の薄い唇がドアップに迫《せま》る。映画のスクリーンより大迫力《はくりょく》と言っても過言じゃないだろう。眼球を食べ尽くす、獰猛《どうもう》な肉食獣《にくしょくじゅう》に襲《おそ》いかかられたときこんな風景を、俺の眼球は最後の景色として映すのだろうか。それがいつまでも、記憶《きおく》から消えないのは怖《こわ》いなぁ。記憶は第二の目なのだ。あったはずの過去や、あり得ない空想までもその目で見つめている。

ふるふるしていた多摩湖さんの目が恐《おそ》る恐る開かれた。

「黄鶏君、トサカみたいに顔が真っ赤。触《さわ》ってると熱い」

「多摩湖さんもだよ」

「私はほら、トマト姫《ひめ》だから」

「卵なのに?」

「いいからだまりー」

多摩湖姫が俺を黙《だま》らせる。ここで唇同士によって塞《ふさ》がれた、とかだと美しい流れなのに唇を上下から押さえつけたのは多摩湖さんの指だった。ぐに、とアヒル口にされる。

そしてその情緒《じょうしょ》のない顔つきを維持《いじ》されたまま、多摩湖さんの唇が眼球にのしかかった。

右目が真っ暗に満たされる。そして目玉の表面に何かが触《ふ》れるという感触《かんしょく》に、恐怖《きょうふ》。

血管や髪の生え際《はえぎわ》、腰回《こしまわ》りからダバダバと少し生温《なまぬる》い液体が滝《たき》のように流れていく錯覚《さっかく》。すうっと背中の肉が薄くなり、肩胛骨《けんこうこつ》が引き抜《ぬ》かれるようだった。ごぼ、と見えない水が喉《のど》の奥から迫《せ》り上がり、ごぼごぼと濁流《だくりゅう》めいた音を立てる。この奔流《ほんりゅう》は、俺のなんだ?

何が切り離《はな》されて流れて、そして意識を霞《かす》ませるのだろう。多摩湖《たまこ》さんの吐息《といき》が睫毛《まつげ》と眼球をくすぐる。その度《たび》に鼻がむずむずとして、「あ、あ、あ」と短い声が漏《も》れそうになる。

目玉に触《ふ》れた唇《くちびる》から舌が伸《の》びて、脳を弄《いじ》られているように思えた。

「れろん」

「ぎゃあ！」

なんて表現していたら本当に目玉を舐《な》められた。腹筋が捻《ねじ》れそうになることも厭《いと》わず、尻《しり》を飛び跳《は》ねさせる。ドン、と辞典でも机から落下したような音が黄鶏《かしわ》家に響《ひび》いた。頼《たの》むから両親よ、反応して部屋を覗《のぞ》きに来ないでくれ。今、ある意味とってもいいところだから。

「れろんぱ」「るれるれ」奇怪《きかい》な悲鳴じみた声が鳴る。多摩湖さんの舌の先端《せんたん》が俺の目玉を往復する。ちゅるちゅるという水源の生まれる音が目の中からこぼれて、視界が水の膜《まく》に包まれる。透明《とうめい》な板がくるくると目の中で回っている。そしてぬるり、ぺちゃりとまるで目玉を咀嚼《そしゃく》しているような、或《ある》いは妖怪《ようかい》が油を舐めるような音と共に、生暖かく柔《やわ》らかいものが俺を愛《め》でてくる。その刺激《しげき》を断続的に与《あた》えられたら、本当に脳が改造されてしまいそうだ。

左の正常であるはずの眼球までも靄《もや》がかかって、鈍色《にびいろ》に滲《にじ》む。感動にも、嘆《なげ》きにも、何物にも属さない淡泊《たんぱく》で味のない涙《なみだ》が左目から流れだす。それが口に入ってきて、舌で舐める。

「ねるねるねーるね」

舌が目玉の上でくるくると回転する。もう悲鳴もあげられない。耳から空気が抜《ぬ》ける。

「充血してる箇所《かしょ》にもー」「ぎぃー」目の下の皮を舌が蹂躙《じゅうりん》する。「瞼《まぶた》の裏もー」「ぎぴー」

かれこれ五分は精気を吸い取られ続けた。

ようやく舌が離れて、噎《む》せこみながら、多摩湖さんの目玉弄《いじ》りから頭を下げて逃《に》げだす。目を瞑《つぶ》ると、多摩湖さんの唾《つば》が涙のように染みだしてきた。どれだけ人の目に流しこんだのだろう。目がショボショボ。慌《あわ》ただしく水滴《すいてき》まみれとなる視界の中で、多摩湖さんの頬《ほお》が上気しているのを確かめる。あの真っ赤な頬に俺の元気とか色々詰《つ》まっているのかな。

しかし、目玉キスを甘く見ていた。人生劇場第二部の黄鶏君になるところだったぞ。

「ありがとうございました……」

子供が歯医者に言うぐらい心ない礼だ、と我ながら思う。

「あーちょっと待ちなさい。まだ左目が残ってるゼ」

「えっ？」

「カードには眼球って書いてあるでしょ。目玉は二つあるの」

引こうとした顔を摑《つか》まれて、「ぎゃー」レロレロと左目を舐められた。二人して床《ゆか》に寝《ね》そべりながら頭を抱《だ》き寄せられてレロレロとか、健全なカップルは普段《ふだん》こんなことばかりやっていたなんてけしからん。憤《いきどお》りながら、なすがままあるがままに脱力《だつりょく》した。昇天《しょうてん》に近かった。

「うう……」

戦意の喪失《そうしつ》を自覚してしまうような呻《うめ》き声《ごえ》が漏《も》れる。多摩湖さんの唾を吸った睫毛が重く感じられた。多摩湖《たまこ》さんはひとしきり目玉を堪能《たんのう》してから、味についての感想を述べてきた。

「黄鶏《かしわ》君の目はうっすい涙の味がしたよ」

「そーっすか……」

「初めてのキスの相手が目玉でしたって、私なんか誤解されそう」

「初めてにしては情熱的なキッスでございました……」

精神的ボロボロによって床《ゆか》にへばりついている俺を眺《なが》めて、多摩湖さんが破顔する。

「なんか私、試合に負けて勝負に勝った？」

「まさしくそれ」

ていうかキスババ抜《ぬ》きって、負けた方が勝つんじゃないか？　矛盾《むじゅん》しているけど。

「そういえばババ抜きのババって、Q《クイーン》の絵札に載《の》っているおばさんのことらしいね」

「はい？　なに、その急な豆知識」

「いや偶《たま》にはカードゲーム研究会の会長っぽい部分を見せないと、ふっふっふ」

本当に唐突《とうとつ》だった。仕入れた知識を披露《ひろう》しようとしたけど忘れていて、今ふと思いだしたようだ。でもその話題の変更《へんこう》によって眼球を取り巻く空気も一新される。俺は立ち上がった。

対戦相手の復活を見計らって、多摩湖さんがカードをピッと指に挟《はさ》んでから宣誓《せんせい》する。

「次は耳よ！　覚悟《かくご》するヨロシ！」

「アイヤー！」

気恥《きは》ずかしさによって穴だらけにされた神経を埋《う》める為《ため》、そんなノリを維持《いじ》しながら三回戦を始めた。しかしここからが疾風怒濤《しっぷうどとう》にエライこととなるのであった。

「うわっ、勝った！」「オラオラオラ、耳をお貸し！」「無駄《むだ》無駄無駄、わぎゃ！　ちょ耳の穴は駄目、反則、ロープロープ！　ひょいひょいあ！」「うわ、反応が女の子っぽいよ黄鶏君。可愛《かわい》い可愛い」「きゃい、うわなんか下半身震《ふる》えてる！　怖《こわ》い、なんか怖いタイムアウト！」「いーやーじゃーー！　黄鶏君の耳をはむる！」「はまれる！　ちょっと、キスじゃないのか！　嚙《か》んでる嚙んでる！」「時には相手の唇《くちびる》を嚙むこともあるからその練習！」「嫌《きら》ってないかそれ！」

「いいから大人しく耳の穴をかっぽじらせなー」「俺実は五年ぐらい耳掃除《そうじ》してなかった気がする！」「っしゃーー！」「なんでやる気になるんだーー！」「うぃーん！」「舌が耳の穴でーー！」

「四回戦はほっぺ！」「おー、唇に一番近い！」「そうだろそうだろー、夢があるよねー」「へいっ、キス！　ヘイヘイ！」「まだババ抜きやってないじゃん！」「俺たちの愛にババ抜きなんか不要ですよ！」「ぶっちゃけっちゃった！　いやいやカードゲーム研究会だから私たち！」

「キス魔《ま》訓練所に改名しませんか？」「しません！　それも魅力《みりょく》的だなーとか私が思わない内にさー勝負！」「俺のターン！」「続いて私のターン！」「カードを引くこと以外何も出来ない俺のターン！」「トラップカードも発動出来ない私のターン！」「不毛な宣言、俺のターン！」

「いえー、黄鶏君からのキスだ」「勝っちゃった！　多摩湖さん空気読んで負けてよ！」「私のほっぺがご不満？」「逆でしょ普通《ふつう》！」「えー、いいじゃん。男の子にほっぺにキスされるのも悪くないよ。この間、少女漫画《まんが》で見たもん」「いいですよもう、俺の健全な夢は多摩湖《たまこ》さんの脇《わき》に託《たく》すから！」「なんで脇って決めてるの！」「ほっぺをれろぉっと」「コラ！　せめて建前でも唇《くちびる》を先につけなさい！」「舌がキスしたいって言うから」「しれっとした顔で意味不明に変態だー！　てんこもりだー！」「多摩湖さんの肌《はだ》、つるっつるですね。ダル子さんと大違《おおちが》い」「ダル子？」「そこにあるダルマ多摩湖さん」「黄鶏《かしわ》君と会話が成立する内に五回戦！　さー次は何かね！」「脇！　いや、脇……いや脇、いや首筋で！」「どんだけ脇が気になってるの！」「急にフロンティア精神が疼《うず》いて」「脳が疼いているとしか思えない！」「膝《ひざ》の裏も素敵《すてき》ですけどね」「なんであんなカードを作っちゃったんだー！」「きっと夜明けに一筋の光明を見出《みいだ》したんですよ」「徹夜《てつや》による魔《ま》が差したとしか思えない」「とにかく勝負！　バッチ来い！」「どらーっ！」「カードがボラーレヴィーア！」「コールかドロップ、口に出してはっきり言いなさい！」「それは前回のやつです！」「ぎゃー、また勝った！」「よし二連敗。首筋頂き！」「きゃー！　おかあさーん！」「大声で呼ばないでください本当に来ますよウチの両親！　さぁ観念してチューチューさせて！」「黄鶏君がタコ君になってきている！」「ではタコらしくチューッと」「うひゃあー、あーあーあー！　なんかじゅるっと、にゅるっと、う、あはははは！　くすっぐったい！　すっごいむずむずして、ちょっと、ストップ！」「耳の穴のときは止めてくれなかったじゃないですか！」「バンバンしてる！　床《ゆか》バンバンしてるでしょ！」「なんか楽しそーですね」「アホー！」

「ふう、舐《な》め疲《つか》れた。舌の付け根が痛い」「キスの練習なのにその症《しょうじょう》状を患《わずら》うのは明らかにやり方を間違えているー……」「でも次は大本命の脇だ！」「一応聞いてみるけど私の脇になんか恨《うら》みでもあるの？」「脇に恋する五秒前！　古いなオイ！」「わ、脇に！　自分の脇に嫉《しっ》妬《と》！　難しいけど頑《がん》張《ば》っちゃうよ、いいの！」「二股《ふたまた》かけてすいません！　あ、でもやっぱり最後にしよう。その前に膝裏《ひざうら》！」「美味《おい》しいものは最後に残しておく人だったっけ？」「いや脇を舐めたらそれが人生目標の終わりっぽいし」「困難なんだかしょうもないんだか意味分かんない目標を持たないでよ！　他《ほか》にあるでしょ、あーう、あー、け、結婚とか？」「脇と結婚かー」「脇から離《はな》れなさい！」

などと打ち切り漫画《まんが》級に描《びょうしゃ》写をダイジェストでお伝えしてみました。こんな風に十回戦まで消化。俺たちの身体《からだ》もそれぞれの部位が消化液でべっとべと。多摩湖さんの唾液《だえき》が風に吹《ふ》かれて涼《すず》しい。

「この唾《つば》を指で拭《ぬぐ》って舐めたら間接キスですか？」

「変態マインドにヤスリかけすぎだよ黄鶏君！　どういう錬磨《れんま》の仕方してんの！」

「いやあ多摩湖さんに影響《えいきょう》されちゃって」

「あーもういいよさっさとカード引いて。黄鶏君のお腹《なか》にキスするから」

グイ、とカードを二枚それぞれの眼球に貼《は》り付けるように押し出してくる。十一回戦、ババはお腹のA《エース》だった。既《すで》に途中《とちゅう》からババが謎《なぞ》というルールは瓦解《がかい》して必殺技《わざ》合戦みたいになっているけど、ここは易々《やすやす》と流せない選択《せんたく》のときだった。俺は、是《ぜ》が非《ひ》でも負けたい。

俺は多摩湖《たまこ》さんのお腹《なか》にキスしたい。というかそうなると多摩湖さんのお腹を拝見することが可能なわけで、今年の夏も海水浴やプールに一切《いっさい》出かけていないわけだから、つまり初見なのだ。しかも開放的な浜辺とかではなく自室で、服の下を覗《のぞ》ける。ここで俺が勝つようだったら、この世に神はいないと断じよう。だから神様お願い、明日の不幸が今日の幸福であっても構わないのです。お慈悲《じひ》を。「うー……」祈《いの》りつつ、ジト目多摩湖さんと睨《にら》みあう。

「黄鶏《かしわ》君に私のお腹は一年早い！」

「多摩湖さんこそ、俺のへそを覗くのはもう少し待って！」

俺が少し腹筋を鍛《きた》えるまで。どちらも敗北を願う心が交錯《こうさく》する。相手の勝利を互《たが》いに願うと書けば何だか響《ひび》きも美しい気がするんだけど、そういうのが似合う雰囲気《ふんいき》ではなかった。

そして、一閃《いっせん》。

「ちょあ！」

必殺、何とか引き！　と単にカードを引き抜《ぬ》くことに名前を冠《かん》したくなる勢いで、多摩湖さんの右手のカードを掴《つか》み、そして……離《はな》れない。なんか、カードをがっしり握《にぎ》っている。ミチミチミチ、と厚紙が材質のカードが悲鳴をあげた。多摩湖さんは右手でカードの下側《がわ》を摑んで、眉間《みけん》に皺《しわ》を寄せながら離そうとしない。

「あの、多摩湖さん？」

「君は引力を信じるか？　うっ、何故《なぜ》かワタクシの手から離れない」

「いやいや、これA《エース》じゃないんですね？」

「そうかも知れない。しかし私はこれを手放せないので、黄鶏君には分からない」

「えい」

中腰《ちゅうごし》に立ち上がって回りこんで、多摩湖さんの手元を覗きこんだ。うむ、Aだ。

「あー！　人のカード覗いた！　ルール違反《いはん》！」

「引力の所為《せい》にするのもルール違反ですから」

反論は聞き流して攻守《こうしゅ》交代。今度は多摩湖さんが選ぶ番だ。後ろ手でカードをシャッフルしてから、多摩湖さんが左右どちらを選ぶか、主に勘《かん》で予測してカードを握る。そして、そのうーうー唸《うな》っている口もとへ差しだした。「さー引くのです」「うりゃー！」多摩湖さんは迷わない。ズバッと左手側《がわ》のカードを引っこ抜いて、俺は引力を働かせる間も与《あた》えられなかった。

「ま、必要ないけどね」

頭上に掲《かか》げられたカードの黄色の煌《きら》めきに微笑《ほほえ》む。多摩湖さんの手が恐《おそ》る恐る降りてきてそのカードの中身を確認《かくにん》してから、その顔色の変貌《へんぼう》ぶりに勝ち誇《ほこ》った。

「ぎゃー！　だい、しょう、り！」

多摩湖さんが引っ繰《く》り返る。「シンジラレナーイ！」と両頬《ほお》に手を添えて悶《もだ》えている。

「貫禄《かんろく》の三連敗が来たー！」

一方こちらは、三冠王獲得《さんかんおうかくとく》か高校三連覇《れんぱ》を果たしたサッカー部のキャプテンばりに諸手《もろて》を上げて喜びに吠《ほ》える。暫《しばら》く俺と多摩湖《たまこ》さんの構図は変わらず、二人の絶叫《ぜっきょう》がけたたましかった。

「両親なんか知ったことじゃねー！　とばかりに騒《さわ》ぎだして、そして数分後。

「さ、多摩湖さん。お腹《なか》の準備をお願いします」

「う、ウォオン」

「お、な、か！　お、な、か！」

煽《あお》ってみた。我ながら今日はちょっと熱暴走が続いているなぁ、と客観視。

耳まで真っ赤にしたまま、足を崩《くず》して座る多摩湖さんが手のひらを上にして突《つ》きだしてくる。

ちなみに暴れ回った所為《せい》で、用意されていた座布団《ざぶとん》はどっかに蹴《け》り飛ばされてしまっていた。

「布団貸して。足とか隠《かく》すから」

「えー……はい」

ジロリと涙目《なみだめ》で睨《にら》まれたので大人しく布団を渡《わた》す。多摩湖さんはそれを腰《こし》から足下《あしもと》にかけて隠れ蓑《みの》として、白のワンピースの裾《すそ》を掴《つか》む。でも葛藤《かっとう》中らしく、なかなか動かなかった。

待つ間、小学六年生の多摩湖さんのパンツを不可抗力《ふかこうりょく》で覗《のぞ》いてしまった日を思いだしていた。

その影響《えいきょう》で頭の右端《はし》がほんわーっと暖かくなり、そして。

白のワンピースをたくし上げて、初見となる多摩湖さんのお腹がお披露目《ひろめ》となる。羞恥心《しゅうちしん》の限界で震《ふる》える頬《ほお》、カチカチと鳴る前歯、上目遣《うわめづか》い、泣《な》きっ面《つら》。自分の手でたくし上げ。

そして更《さら》に下半身を布団で隠しているところがまた、こう、「吐血《とけつ》しそうだよネ！」「えー！」

「多摩湖さん、ち、ちじ」痴女《ちじょ》と言いかけた。でもあからさますぎるので「ビッチっぽい」

多摩湖さんの羞恥顔がクシャッとなった。「し、仕方ないの！ ゲームだから！」

ゲーム万歳《ばんざい》。瞼《まぶた》が重くなって視界が上部を暗雲に覆《おお》われそうになっている。緊張《きんちょう》の影響《えいきょう》だ。

だからすかさず四《よ》つん這《ば》いとなって、多摩湖さんの陶器《とうき》めいたお腹に顔を寄せる。服の内側《がわ》に留《とど》まっていた多摩湖さんの甘い残《のこ》り香《が》がふわっと鼻先に入りこんできた。

「エキサイト」「な、何の感想？」「多摩湖さんの造形美に」「あんまり見ないの！」

多摩湖さんの足と布団がもぞもぞ動く。俺はその上をぬーっと通過して、顔を突きだす。多摩湖さんのお腹の細部までが眼球に映り、その動きの一つ一つが捉《とら》えられる。呼吸によって静かに上下するお腹なんて、間近で初めて見る。その呼吸に合わせて、俺の息も掠《かす》れて震えた。

「は、早くしてよぉ。このポーズ、すっごい恥《は》ずかしいんだから」

「写真に撮《と》っていいですか？」

「駄目《だめ》に決まっとるわー！」

「おはようからお休みまで手放さない自信があるのに」

「ダメダメ、とにかく駄目なの！ さ、さぁ早く！」

ぐい、と上半身を反《そ》らして薄《うす》い肉付きのお腹を突きだしてくる。鼻先がへその近くと擦《こす》れそうになった。というか、へそも注目に値《あたい》する。多摩湖さんのへそ。到達《とうたつ》したという事実に、地球のへそより感動する。

唇《くちびる》を寄せて、突《つつ》くようにお腹《なか》に触《ふ》れる。びくん、と腹筋が怯《おび》えるように反応したのが下唇に伝わってきた。多摩湖《たまこ》さんを見上げる。「キスしたしも、もう終わりね」そんなはずがない。

十字を描《えが》くように舌を動かす。「う、あっは、ちょ、やっぱりくすぐったい」多摩湖さんが俺の頭を手で押さえつけようとしてくる。手放したワンピースがヴェールのように俺の頭に降り注いだ。薄暗《うすぐら》い社に顔を突《つ》っこんでいるような閉鎖感《へいさ》が耳や横顔の側《そば》に満ちる。

「オラ、なんか余計にワクワクしてきたぞ」

マンホールの蓋《ふた》が偶々《たまたま》開いていて、そこを友達と一緒《いっしょ》に覗《のぞ》き見ていた登下校の日を思い返す。薄暗さは未知を演出して、好奇心《こうきしん》の呼び水となるのだ。「ぐえっ」服の上から頭が押さえられた。「早く出てきなさい！」「いーえ、まだまだ」雪見だいふくの色合いである多摩湖さんの肌《はだ》を舐《な》め尽《つ》くすまで、撤退《てったい》など勿体《もったい》なくてとてもとても。

今俺は服に覆《おお》われている影響で多摩湖さんの芳香《ほうこう》に満たされていて、この世の幸福が服の内側にあることを悟《さと》ったばかりなのだ。鼻をふごふごと鳴らして匂いまで堪能《たんのう》する。

「は、鼻息！　ちょっと鼻息！　何吸ってるの！」

「多摩湖さんの放つものに参っちゃってさー、なんかクラクラする」

「酸欠だよそれ！　つーか今日は黄鶏《かしわ》君に参りっぱなしだよ！」

「そーおー？」

「もうほんと出なさい！　端《はた》から見ていて、黄鶏君《かしわ》が百パー変態に見えるし、服の中がモコモコ動いてる私も変態みたいだよ！」

「ああ、はい。いや」

決めるのはお前じゃねぇぇぇぇ！　と叫《さけ》ぶ某《ぼう》青年の姿が自分の中で浮かんでくる。

まだ仕上げが残っているのだ。へそにキス。「ひゃあ！」舌をにゅるっと入れる。「おぉい！」ほじくる。「にぎゃー！」ほんのりと汗《あせ》の味がする。至高の味だった。

そして究極の味は多摩湖《たまこ》さんの脇《わき》にあるはずだ。もうそれは疑いようがない。

そして、だ。

……なんつーかさー。

お金で買えないものっていうのはこの世で尊ぶべき言葉なのは知っている。大抵《たいてい》みんな知っている。だけどそれが何か？　俺はその具体的なビジョンがなくて、いつだって価値観をあやふやにしていたような気がする。大抵みんなそうだと思う。

でも俺は今日、それを実感した。

顔を服に突《つ》っこむことで、それは確かにあるのだと知る。

ラ○ュタを見つけた少年の感動に、それは辿《たど》り着けそうな奔流《ほんりゅう》を伴《ともな》っていた。

人生の何気ない休日が、長針を一回転させる間に俺という人間を大きく変える。

運命の奇抜《きばつ》さ、面白《おもしろ》さ、切なさ全《すべ》てが入り交じっているような気がした。

多摩湖さんのお腹《なか》の表面とへそに、それは全て教えとして刻みこまれていたのだ。

「ふぅ……いよいよ本番の脇回戦ですね」

顔を断腸の思いで引っこ抜《ぬ》いてから、いい汗《あせ》かいてやっと本命だ、という趣《おもむき》で前振《まえふ》ってみた。

先程《さきほど》から蹲《うずくま》って左右にゴロゴロ転がっている多摩湖さんの反応はない。「多摩湖さーん？」側《そば》に屈《かが》んで声をかけてみる。

するとピコーン、と何かが灯《とも》ったように多摩湖さんの活動が再開される。上半身を起こした。

そしておもむろにカードをブーケか紙吹雪《かみふぶき》のように舞《ま》い上がらせて、多摩湖さんが叫んだ。

舞い上がり、バラバラと床《ゆか》に散っていくカードはステンドグラスの欠片《かけら》のようだった。

「もう終わりーー！　キスババ抜き、しゅーりょーー！」

「えーー！」

カードをガサガサかき集めて、トランプケースにしまいこんでしまう。

「まだ肝心《かんじん》なやつが残ってますよ！　脇、脇！」

「うんそーそー、バット振るときは脇締《し》めないと駄目《だめ》よ！」

自作トランプをケースごと部屋の隅《すみ》に放《ほう》りだして、強制終了《しゅうりょう》を宣言してくる。き、希望があ……と萎《しお》れたくもなったけれど、多摩湖さんがあんなに恥《は》ずかしがっているのだから仕方ない。

「分かりましたよ」

ふふーん、と鼻息荒《あら》く笑う。そして親指を立てた。今なら笑顔《えがお》と心境に応《こた》えて、歯もゲーノージンばりに光っていると確信する。

「じゃあ早速《さっそく》ババ抜《ぬ》きによるキスの練習成果を見せつけましょう!」

「きゃー! 脇《わき》専門の変態さんがいる! モンスターだー!」

「生んだのは多摩湖《たまこ》さんだー!」

「してませーん! 私はヨハンを手術してないんですー!」

多摩湖さんがドタドタと部屋の中を逃《に》げ回り、俺がそれを追いかけ回す。

「待てよぉー、こいつぅー」

「うふふー、あっちあっちー! こら、こっち来ないの!」

飼育小屋に鶏《にわとり》が二匹《ひき》、オスがメスのお尻《しり》を追いかけている。

俺たちと記憶《きおく》は目を回して、熱の中を泳ぎ続けた。


燃え尽《つ》きた、と表しても過言じゃない大の字な倒《たお》れ方《かた》だった。風が鼻先をくすぐって涼《すず》しい。

床《ゆか》に敷《し》いたカーペットの感触《かんしょく》が、首の裏でチクチクして少し不快だった。

「なんか、余計にあっつくなったね」

ベッドの上で寝転《ねころ》がっている多摩湖さんが、寝返りを打ちながらぼやく。それから寝転んだまま身体《からだ》を伸《の》ばして、身体を震《ふる》わせながら「うぃぃぃぃぃ」と奇声《きせい》を発していた。

面白《おもしろ》いのでぼーっと、横に倒れた世界の中でその様子を見つめていた。そうしている内、伸びが終わってふにゃっとなった多摩湖さんと見つめあう。無言でお互《たが》いの眼球を観賞する。目は口ほどに人を食べるような気がする。見つめていると俺の意識や注意や気持ちは大抵《たいてい》、多摩湖さんの目に食べ尽《つ》くされて、自分が少しだけ希薄《きはく》に感じられる。多摩湖さんを客観的に見つめる為《ため》の視点としてだけ、俺が機能しているように思えてくる。不安なのに抵抗《ていこう》感がない。

「あっ、今さ。黄鶏《かしわ》君の唾《つば》が流れてお腹《なか》に冷えっと来た」

「そ、そういう報告はしなくていいのです」熱が冷めたらもの凄《すご》く恥《は》ずかしくなっていた。

三十分前までの俺は本気でバカになったか別人とすり替《か》わっていたのではと不安になる。お互いに余韻《よいん》も失われて本当にただ、恥ずかしい。微笑《ほほえ》ましくもあるけど。

俺の眼球の方は、多摩湖さんの舌がまだ這《は》っている感じが残留している。目が唾液《だえき》で潤《うる》んで、その生温《なまぬる》さによって優《やさ》しく爛《ただ》れていきそうだ。甘美に恐《おそ》ろしい。

「脇はお預けかー」

「無期延期だってーの」

多摩湖さんと俺が揃《そろ》ってもじもじ。というかグネグネ。身体を蛇《へび》のように曲げる。多摩湖さんはともかく、俺は上空からの写真を撮《と》られたら相当に気持ち悪いこと確定だ。

「文化祭で何やるの？」

気恥ずかしさをごまかす為に、話題を無理の許される程度に変えてみる。興味はそんなになかったけど、その名目で多摩湖《たまこ》さんが家へ来たのだから一応は話してみようと思った。

「んむ、よくぞ聞いただよ」と多摩湖さんが俯《うつぶ》せに寝転《ねころ》がったまま顔をこちらへ向ける。にへーっと頬《ほお》の肉を限界まで緩《ゆる》ませて、両手をいい加減な角度に広げた。

「まずでっかいトランプ型の着ぐるみを作るのね。顔が見えて、手も出せるやつ」

「……それで?」

その時点で話を振《ふ》ったことを若干後悔《じゃっかんこうかい》していた。何となくの予感によって。

「それに私と黄鶏《かしわ》君が入ってお客さんとポーカー勝負するの」

多摩湖さんの日本語の正体が摑《つか》めない。俺の混乱はまたたくまに視界を覆《おお》い、日差しを虚《うつ》ろにした。風車の回る音だけが耳もとで風を切る。

「いやいや、本気で意味分からない」

「あ、カップル限定でキスババ抜《ぬ》きをやらせるのもいいなー」

「それ、楽しい文化祭がエロ祭になるだけでは」

「黄鶏君は表か裏、どっちの面で顔出したい?」

「いや俺は世間様に顔向けしやすい方向で行きたい……」

「大丈夫《だいじょうぶ》、絶対面白《おもしろ》いから」

会話が嚙《か》みあっていない。いや、会話を非難する前にこっちもちょっと想像してみよう。

ハンペンかぬりかべみたいな着ぐるみに、多摩湖さんともそもそ入る。背中合わせで。お尻《しり》合わせで。もそもそ。「……」あれいいかも、もそもそ。普段着《ふだんぎ》でもいいかも、もにもに。

背中が多摩湖さんとの触《ふ》れあいによって一皮剝《む》けそうだ。

「着ぐるみでは着こなしの先輩《せんぱい》というか年齢《ねんれい》的に後輩というか友達がいるから、その子に色々と聞けば更《さら》にだいじょーヴイ」

「はぁ……」謎《なぞ》の交友範囲《はんい》を誇《ほこ》る多摩湖さんだ。でも、その子ってまさか後輩の男とかじゃないよな。むむむ、（俺が）ストーカーの予感。まだ調べが甘かったのか、彼氏的に不覚。

そういえば街中で時折、ノッポの女の子が変な格好しているのは見かけるけど……アレとは違《ちが》うのかな。まぁどうでもいいんだけど。

「それと黄鶏会員、キスババ抜きを実践《じっせん》したことによるレポート作成が今夜の課題ね」

「うぃ、またッスか」

前回も宣言通り、脱衣《だつい》ポーカーの感想を夜の電話で尋《たず》ねてきたもんな。といってもその話は五分ぐらいで終わって、その後は延々と多摩湖さんの今後の在り方について論じた。言葉の端々《はしばし》が意味不明になるほど、取り分け俺が盛り上がったのは記憶《きおく》に新しい。

「黄鶏君」

「はい？」今度は何だろう。顔を上げる。風車と多摩湖さんが目に飛びこんでくる。

多摩湖さんは少しはにかんで、少し控《ひか》えめで、魅力《みりょく》だけが引っこみ思案していない。小学生のとき、俺を卓球台《たっきゅうだい》に誘《さそ》った顔とそれは同じだった。ほんの少しだけの遠慮《えんりょ》がスイカの塩の如《ごと》く、多摩湖《たまこ》さんの魅惑《みわく》的な笑顔《えがお》の価値を一層引き立たせている。

そして、多摩湖さんはそれを一欠片《ひとかけら》も削《そ》ぐことなくそのまま両腕《うで》を掲《かか》げた。うん？　目で追ってみるけど、両手になにか握《にぎ》っているわけでもなく……脇《わき》？　脇になんかある。俺の新しい脇を見せてやる？　そういうのじゃないみたいだ。まさか俺へのご褒美《ほうび》、いやそれも違《ちが》う。

多摩湖さんの左脇には、長方形のチケットが貼《は》りついていた。脇隠《かく》しとか、何かをガードするように。脇の汗《あせ》が染《し》み込んだのか、チケットはへちゃーっとなっていた。

「あらこんなーとところにチケットがー」

あの懐《なつ》かしいＣＭっぽく多摩湖さんが歌う。

「はい？」

「というわけで、今度一緒《いっしょ》に旅行でも行かない？」

どういうわけだ、と一瞬《いっしゅん》は思った。が、直後、ぐるぐるぐる、と肺からこぼれた二酸化炭素が螺旋《らせん》を描《えが》いて喉《のど》の中を暴れた。ぐこ、げこと中途半端《ちゅうとはんぱ》に膨《ふく》らんだ風船を踏《ふ》むように、空気の小さな塊《かたまり》が喉や食道の脇を圧迫《あっぱく》する。

痛く、苦しく、後味悪く、だけどそれらが全《すべ》て今の発言を現実だと教えてくれた。

え、そうやって俺を誘《さそ》う為《ため》にキスババ抜《ぬ》きを考えたの？　だから脇がキング？

脇キングの思慮《しりょ》深さに思いを馳《は》せて、鼻がツンと痛む。ありがとう、脇キング。

多摩湖さんの遠回りの仕方が逸脱《いつだつ》していることにはこの際目を瞑《つぶ》って、感涙《かんるい》しかける。

声が出るようになった途端《とたん》、俺は微笑《ほほえ》みかけてくる多摩湖さんに全力で応《こた》える。

「お供します！」

「うむ、よろしくてよ」

脇からチケットを剝《は》がした多摩湖さんがトゥルーお嬢様《じょうさま》に振《ふ》る舞《ま》って俺の胃の底をトゥルー奮い立たせる。

波紋《はもん》として広がる、静かな感動さえ内にあった。

おお……おおう……旅行！　トラベラー！　俺たちカップルの進展までトラベリングか！

健全な付きあい？　勿論嘘偽《もちろんうそいつわ》りなどございませんよお義母《かあ》さん、ちゃんと脱衣《だつい》ポーカーとかキスババ抜きって段階踏んでいるじゃないですか、何か問題でも？

キスババ抜きの効力を、早速《さっそく》身をもって知らされた。

このカードゲームを十二回戦やり遂《と》げることで、手も繋《つな》いだことのないカップルが旅行の約束をするまでに仲を深める効能あり！

ただし、相手の脇や眼球に喜んでキスしたり舌でレロレロしたりする変態カップル限定で。

相手の汗の味がご褒美《ほうび》と感じられるカップルは是非《ぜひ》一度、両親の目が遠いご家庭の場所でお気軽にトライを！　上手《うま》くいけば、脇の下に新世界まで垣間見《かいまみ》えます！

「行き先は何処《どこ》ですか？」

「多摩湖」

「おお！」

これで多摩湖《たまこ》の多摩湖さんの写真を撮《と》って、就寝《しゅうしん》前にエア多摩湖さんと様々なイメトレに励《はげ》める。という喜びを口には出さなかったので、多摩湖さんの朗《ほが》らかな微笑《ほほえ》みは保たれている。その微笑《びしょう》の直視によって、今日という休日に過ぎた熱風は折り返し地点から戻《もど》ってきたように、もう一度部屋に籠《こ》もりだす。

そうか部屋の熱の正体は、俺自身の体温の上昇《じょうしょう》だったんだ。今更《いまさら》、そんな当たり前のことに気づかされて、人体を軽く燃やし尽《つ》くしてしまいそうな多摩湖さんの『力』に俺は感服する。夏もそろそろ過ぎていこうっていうのに、多摩湖さんのもたらす燃料は常夏《とこなつ》をたたえるようだ。

……とまぁ、こんな風に旅行の約束などしてしまったりして。

「それで黄鶏《かしわ》君、わ、脇《わき》は……今度、汗《あせ》かいてないときね」

「わーい」

多摩湖さん大好きー。

「でもその代わり、私ももう一回、黄鶏君の眼球舐《な》めるから」

「わーい」

「え、そっちも喜ぶようになっちゃったの」

「そーそー。だから多摩湖さんも脇を舐められて喜ぶ淑女《しゅくじょ》になれますよ」

「なりたくねーっす！」

手を繋《つな》ぐようなバカップルからどんどん離《はな》れているけど大丈夫《だいじょうぶ》、だといいなぁ。

この後も俺たちは部屋で色々、話しこんだり母親のお茶菓子《ちゃがし》を伴《ともな》った襲撃《しゅうげき》を受けたり父親にまで『爪切《つめき》り何処《どこ》だっけ』と見え透《す》いた嘘《うそ》を盾《たて》にした突撃《とつげき》を受けるけれど、それはまた別の話。

風車の赤色が、体育館の暗幕のように俺の何かを遮《さえぎ》っていく。

本日のカードゲーム研究会の活動報告は、これでお終《しま》いだ。

後はプライベートなので。ではまた。

『多摩湖さんと歳並べ』

『徹夜《てつや》して考えた結果、明日は黄鶏《かしわ》君の写真持ってきて放課後に集合ね』

『山ほど突《つ》っこみどころがあって、もはやそれを登る気力もございません』

なんてやり取りが昨日の電話であって、さて放課後。十月上旬の月曜日。月日の移り変わりが夏と秋の明確な線引きになることは、少なくとも温度に関しては適用されないみたいだ。美術準備室はまだ暑いし、蟬《せみ》はどっかで鳴いてそうだし。

夏休みという長期休暇《きゅうか》が終わって一月ほど経《た》つけど、俺たちは日中の大部分を拘束《こうそく》される学校生活のリズムをまだ取り戻《もど》せないでいた。気怠《けだる》そうな生徒の顔が幾《いく》つも並ぶ教室で教鞭《きょうべん》を振《ふ》るう教師はどんな気持ちなんだろう。あの人たちも面倒《めんどう》なんじゃないだろうか。

そんなことを考えながら、準備室の窓を開ける。金属バットがボールを打つ音が一学期の頃《ころ》と変わらない音量で三階まで届く。夏休みの始まる前に戻ったような錯覚《さっかく》を味わいながら、壁《かべ》際《ぎわ》の床《ゆか》に腰《こし》を下ろして、大きく息を吐《は》いた。それから部屋の入り口を見つめる。

カードゲーム研究会（学校非《ひ》公認《こうにん》）が溜《た》まり場《ば》として勝手に利用している美術準備室には、今のところ俺一人。呼びつけた多摩湖《たまこ》さんはまだ姿を現していない。今日は気の赴《おもむ》くままにぶらり旅に出ないで、一年生の教室へ入るのをちゃんと確認したからいずれ来るだろう。

ひょっとしたら徹夜《てつや》の影響《えいきょう》で、まだ教室で居眠《いねむ》りしていたりして。……ははは、まさか。

十月に入ってから、朝は多摩湖さんの家へ迎《むか》えに行っている。多摩湖さんのお母さんに直々《じきじき》に頼《たの》まれたのだった。ウチの子を迎えに来てあげてと。

『あの子、夏休みが明けてから少し経《た》つと、いっつも学校行ってきまーすとか言いながらサボってどこかへ行ってしまうもの。だから今年はカレシ君、キミが迎えに来て習字の文鎮《ぶんちん》的な役目を果たして！』

他《ほか》にもっと良い例えはないのですか、と突っこみたかったが将来のお義母《かあ》さんに反抗《はんこう》するのはやめておいた。両親公認でのお付きあいとはいえ、油断してはいけない。

……いや、気が早すぎるか。でも留年マニアな多摩湖さんの場合、高校を卒業する前に成人だからなぁ。大学に進学する気もあまりない印象があるし、はてさてどうなるものやら。

閑話休題《かんわきゅうだい》。で、多摩湖さんの家まで自転車こいで迎えに行くようになって、かれこれ一週間。少しだけ遠回りになる新しい通学路には慣れたけれど、初日にはこんなやり取りがあった。

『嘘《うそ》じゃないよー、学校行くよー、私明日から頑張《がんば》るために今日を充実させようとか考えるコツコツ派だよー？　え、鞄《かばん》の中身？　旅行の着《き》替《が》え、じゃなくて教科書。お母さん信じてー』

『発言の度《たび》に目が左右に逃げまくってます、多摩湖さん』

『おやや、黄鶏《かしわ》君。なんで私ん家《ち》に？　多摩湖先生主催《しゅさい》のカップル養成学校に通うつもり？』

『多摩湖さんの指導は徹夜が基本っぽいので俺にはちょっと向いてないです』

『ふむ、じゃあ当家に何用かね？　うぉっほん』

『いや、そろそろ俺たちも一緒《いっしょ》に登下校していい仲なんじゃないかなー、とか思ったり』

『えー、そんなバカップルみたいなのは先走りになるんじゃないかな。ほら健全なお付きあいはちゃんと段階踏《ふ》まないと』

『段階を踏むための階段を徹夜《てつや》でぶっ壊《こわ》す人が言うとかえって説得力ありますね』

『まあ黄鶏《かしわ》君がどーしてもと言うなら一緒にどっか行ってもやぶさかでなくってよ』

『どっかじゃなくて学校ッス』お義母《かあ》さん後ろで睨《にら》んでるし。

『引っかかりなさいよー。しかし久しぶりに会ったら随分《ずいぶん》日焼けしたねぇ』

『昨日も一緒に買い物行ったばっかりですけど、なにしみじみと頷《うなず》いてますか』

『本当、一夏《ひとなつ》の間に背もおっきくなっちゃって。カッちゃんいい男になったねー』

『なぜ親戚《しんせき》のおばちゃん風。……あれ、むしろ多摩湖《たまこ》さんが背伸《の》びた？』

『そう？　じゃ、測ってみる？』

『どうやって？』

『二人で背中くっつけて。前と肩《かた》の当たる位置とか違《ちが》ったら、どっちかが伸びてるってこと』

『いいですよ……あ、前より多摩湖さんの肩が高い。やっぱりそっちの背が伸びてます』

『うーん、成長期もそろそろ終わりのはずなんだけど。黄鶏君が縮んだとか』

『まだそんな歳《とし》じゃないです。ていうか、これは、あれだなぁ』

『うん？　どのあれ？』

『いや、多摩湖さんと肩とか当たってて、それと……こう、お尻《しり》がですね』

『あ！　もう、言わなきゃ意識しなかったのに』

『すいません』

『もう少し自然と、黄鶏君と背中お尻その他諸々《もろもろ》をくっつけていたかったのに』

『えっ、そっち？』

『照れ照れ』

『くねくね』

『おめーらいいから学校行きなさい』by多摩湖母。

というわけで健全な男女交際からバカップルに一歩前進したのであった。え、いやほんと健全ですけどなにか？　だって俺たち、手を繋《つな》いだことも唇《くちびる》が触《ふ》れあったこともないよ。まぁお腹《なか》を舐《な》めたり目玉を舐められたことはあるけど、それはみんなやってることだから。多分。

とまあ、そういうわけで回想お終《しま》い。美術準備室にいるという現在に戻《もど》るわけだが。

「……しかし、今日はなにをやるつもりなんだか」

さすがにもう徹夜宣言の前振《まえふ》りから、ある程度の察しはつく。多摩湖さんに言われて用意する写真の内容にも指定があったし。俺の『1～12歳《さい》』までの写真を年齢《ねんれい》ごとに一枚ずつ、という お達《たつ》しだ。多摩湖さんの1～12歳の写真も揃《そろ》えられますよ、と危《あや》うく口にしかけたがなんとか自制した。

それはさておき1から12、そしてカードゲーム研究会と徹夜《てつや》。この各要素が組みあわさって導きだされる結論は、多摩湖《たまこ》さん考案のオリジナルカードゲーム以外にあり得ないだろう。

多摩湖さんの性格から考えて、写真をカード代わりに使うつもりだということは分かる。しかしそれでなにをするかまでは予測がつかない。写真も年齢《ねんれい》ごとのやつが四枚あるわけじゃないから、カードとしては枚数が足りないし。

十二枚のカードでできるゲームってなにがあったかな。いやいや、多摩湖さんの発想は既存《きそん》のゲームをぶち壊《こわ》すからな、常識に囚《とら》われてはいけない……などと考えて、写真と睨《にら》めっこ。

そうして多摩湖さんを待つ。ぼんやりと、鼻の先の乾《かわ》きを指で掻《か》きながら待つ。

そこに訪《おとず》れる幸福感は夏休みを明日に控《ひか》えた終業式の時よりもずっと、実感があった。

スゲー、多摩湖さんスゲー。

文化祭どころか夏休みにも勝っちゃったよ。


十二枚の写真をさして興味もなく眺《なが》めて時間を潰《つぶ》していたら、すぐに多摩湖さんがやって来た。口が半開きでボーッとして……そんな気の抜《ぬ》けた昔の自分の顔ばかり見ていたからか、今日の多摩湖さんの笑顔《えがお》を一層魅力《みりょく》的に捉《とら》えてしまう。この写真、引き立て役として意外と便利じゃないか。これが終わっても胸に数枚、特選したマヌケ面《づら》を忍《しの》ばせておこうかな。

「お待たせ、黄鶏《かしわ》君。うーん、名前の割に部屋の中をバタバタ走ってないねっ」

徹夜に伴《ともな》う独特のテンションを引きずったように、陽気な多摩湖さんが親指を立てて部屋に入ってくる。そんな堂々と、無断で利用している部屋に入っていていいのだろうか。しかしそんな疑問は制服のスカートの端《はし》がひらひらと揺《ゆ》れただけで、その風に吹《ふ》っ飛ばされた。

「ここに集まるとなんでか、いつも感慨《かんがい》深いね、うんうん」

多摩湖さんが「かんがいかんがい」と呟《つぶや》きながら顎《あご》を二度引く。で、耽《ふけ》る前に噎《む》せる。埃《ほこり》っぽいからな、ここの空気。掃除《そうじ》もほとんどしないし。

「さ、カードゲーム研究会の活動を始めるから席に着くように」

いつも使っている方の椅子《いす》に腰《こし》かけてから、机をバンバン叩《たた》いて呼んでくる。

「はいはい。……ふむ、ほほーぅ」

立ち上がりつつ、多摩湖さんの格好をジロジロ。その視線に気づいた多摩湖さんはちょっと警戒《けいかい》するように首を引っこめる。

「どしたの？　なんかいつもと違《ちが》う？」

「今日は厚着とか目立つ用意もしてないなって思った」

「ああ、脱衣《だつい》ポーカー？　あんなのもう古いのだよ」

ちちち、と満面の得意顔で人差し指を横に振《ふ》る。うわぁ、嫌《いや》な予感しかしないぞぅ。

「これからの私たちは歳並《としなら》べで慧眼《けいがん》を養うべきと気づいたのよ」

「としならべ？」

首を傾《かし》げながら、多摩湖《たまこ》さんとは向かい側《がわ》に当たる椅子《いす》に腰《こし》を下ろす。都市並べ、年並べ？地理か日本史の授業あたりを連想してしまう。或《ある》いは、歳並べ？　なんだそれ。

「ていうか、その前にアレ。私を見てなにか思うこととかある？」

なにか思わせぶりに自分の頬《ほお》を指差して、くいくいと指の先端《せんたん》を曲げる。目線はどこか挑発《ちょうはつ》的に細められて、俺の意見を心待ちにしているようだった。つい今し方、ジロジロと眺《なが》めたばかりだけど……多摩湖さんをじっくり舐《な》め回すように見つめて思うこと？　うーん、改めて尋《たず》ねられると照れちゃうな。

「多摩湖さんラブ！」

「そ、そうじゃないっての。まぁいいや、その為《ため》にこれからやるんだし」

気を取り直したように、耳にかかっていた髪《かみ》を指で梳《す》いてから多摩湖さんが自分の鞄《かばん》を摑《つか》む。

「どじゃーん」

どっかの大統領みたいな擬音《ぎおん》をご機嫌《きげん》に発しながら鞄を開いた。そして詳細《しょうさい》な説明はいつものように後回しにして、多摩湖さんが自分の持ってきた写真、十二枚を見せびらかす。

わぁ、小さい頃《ころ》の多摩湖さんがロイヤルストレートフラッシュ。

「どうです、これが私の成長記録と言えましょう」

「一枚いくらで売ってくれるんですか?」

「こら! 最初から全開はダメだから黄鶏君《かしわくん》!」

身を机へ乗りだした多摩湖さんが、べし。小さな手のひらが小気味よく俺の額を押し返した。

「つーか黄鶏君、最近飛ばし気味じゃない? 主に頭のネジ」

「いやぁ、多摩湖さんに鍛《きた》えられまして」

あっはっはと後頭部に手を添《そ》えて笑う。多摩湖さんの考案してくるのは思春期覚醒《かくせい》ゲームだよね。変態を世に送りだすためのゲームでは間違《まちが》ってもないはずだ。

「お陰《かげ》で多摩湖さんの脇《わき》に重点的に恋することが出来ました」

なぜならぼくたちはもともとへんたいかっぷるだからだー。

「まだその熱が冷めてなかったのかよ! 夏のモノを秋まで持ち越《こ》すんじゃありません!」

「えー、この前はその内って言ったのに」

「ワタシニホンゴワッスレマシター。んなこたーどうでもいいの! 大事なのはこれ!」

ずずい、と写真を突《つ》きつけてくる。俺の顔面を覆《おお》うようなその数々の多摩湖さんに、つい見《み》惚《と》れてしまう。目移りしちゃうよなぁ。あ、このランドセル背負ってる姿は見覚えある。

「こういう多摩湖さんが目の中いっぱいっていうのも素敵《すてき》ですね」

「そ、そう? 黄鶏君に会う前の私とか見られるの、ちょっと恥《は》ずかしいんだけどなー」

「くんくん、良い香《かお》りとかしないかな」

「本領発揮はぇー！　黄鶏君《かしわ》がへんたい君に変態する時間が日に日に早くなってる！」

「当時の体臭《たいしゅう》とかしないかな」

「変態度の受け皿の底も深くなってる！　しかも当時のとか！　ええいもう話がちっとも進まないじゃん、黄鶏君が変態のせいで！」

ばたばたと多摩湖《たまこ》さんが両腕《うで》を振《ふ》って抗議《こうぎ》。持ち上げて手放した鶏《にわとり》が滑空《かっくう》している間、翼《つばさ》を上下させているみたいだ。俺の名前を模《も》したようなその動きを暫《しば》し観察する。

ややあって汗《あせ》だくになった多摩湖さんが、上気した顔で尋《たず》ねてきた。艶《つや》っぽいなぁ。

「落ち着いた？」

「多摩湖さんこそ」

うむ、と二人で頷《うなず》きあう。それから多摩湖さんが、ハートマークのシールのセットをこちらに差しだしてきた。受け取った後、これはなんでしょうと多摩湖さんの顔を窺《うかが》う。

「そのシールを貼《は》って写真の日付を隠《かく》して」

「はぁ」

指示された通りに、ぺたぺたと貼る。形の関係で二枚横並びに貼らないと完全に日付を隠せないのが、少し面倒《めんどう》くさい。さっきは見過ごしたけど多摩湖さんの方の写真はもうシールが貼ってあるらしく、作業する様子はなかった。……自分の写真にハートマーク貼るのも、なんだか侘《わ》びしいな。

俺の作業が終わるのを見計らって、多摩湖さんが持っている写真を渡《わた》してくる。

「はいじゃあ写真交換。……あげたわけじゃないからね」

「やだなぁ、知ってますよ」

笑顔《えがお》を維持《いじ》しながら、内心で落胆《らくたん》。どさくさまぎれに、帰りに貰《もら》ってしまおう。

多摩湖さんと俺の写真、十二枚を交換《こうかん》する。それを扇《おうぎ》状に持って口もとを隠しながら、叫《さけ》びすぎて喉《のど》の涸《か》れ気味の多摩湖さんが不敵そうに目を細めた。

「ぬふっふ、じゃあ歳並《としなら》べ開始ね」

「その歳並べってなんなんですか？」

「あれ、分かんない？」

俺の無知を嬉《うれ》しそうに確認《かくにん》する多摩湖さん。前回もこんなやり取りがあったような。前々回もか？

「いやぁ分かんないッスねー」

徹夜《てつや》すれば俺も予想ついたりするのかな？

「じゃあ説明してあげよう、しっかたないなー」

写真を一旦《いったん》机に置いてから、腰《こし》に手を当てて多摩湖さんがふんぞり返る。勢いよすぎた上に背もたれのない椅子《いす》だから、そのまま床《ゆか》へ後頭部を打ちそうになっていた。慌《あわ》てて体勢を直して冷《ひ》や汗《あせ》まで出ている多摩湖さんが、ごほんと一度咳払《せきばら》いを挟《はさ》んで、ゲーム内容の説明に入る。

「この一歳《さい》から十二歳までの写真を、七並《しちなら》べみたいに正確に並べる。これが歳並《としなら》べよ」

「……えぇっと、多摩湖《たまこ》さんの写真を一歳から順番に、ってことですか？」

「そうそう。私の場合は黄鶏《かしわ》君の写真ね」

写真を再び摑《つか》んで、扇《おうぎ》状に持つ。それを斜《なな》めに構えて戦闘《せんとう》態勢に入ってる多摩湖さんはさておき、なるほど、そういうゲームか。そしてはて、どういう意図のゲームなんだ？　それに、

「あの、多摩湖さん。一枚足りない」

「ん？」

「いや、七並べというかトランプに見立てるなら、写真が足りないです。十二枚しかない」

トランプはA《エース》～K《キング》で十三枚なのですが。

「……………………」

多摩湖さんの表情が固まる。ひょっとして、十二枚と勘違《かんちが》いしたとか？

「さぁ早速《さっそく》デュエル的なアレの開始よ！」

うわぁ聞かなかったことにしたぞ。カードゲーム研究会的に非常に問題があるから流したぞ。

「いやいやちょっと待って、なんでこんなゲームを考えたとかそういう説明は？　それと他《ほか》に特別なルールとか、勝ったら多摩湖さんの写真全部回収オッケーとか言わなきゃ」

「最後のやつにしか言葉に力籠《こ》もってなかったよこの人！　ん、まぁルールとしては、えー、十二枚！　を先に正確に並べ終えた方が勝ちね。写真は一枚ずつ交互《こうご》に置きあって、パスは禁

止、というより意味ないでしょ」

「まぁ、七並べみたいにカードを共有してませんしね」

この歳並べは手の内の中で完成させるパズルに近い。だからシールで日付を隠《かく》したわけだ。

多摩湖さんが徹夜《てつや》で考えた割に、意外と健全である。ただトランプというか、カードゲームから遠ざかってはいるけど。あっちが立てばこっちが立たずとはよく言ったものだ。

「後、特別かは分かんないけど、一度でも並べる写真を間違えたら即《そく》負けね」

「おぉい待った！」

「ん？　これこれ、みだりに大声を出してはいかん。先生にバレるとうるさいし」

「それじゃあ先に並べ終えるも何もないじゃないですか！　前提ブロークンじゃん！」

「馬鹿《ばか》モン、カレシカノジョの顔を間違えるなんて愛と勇気が足りぬ！」

そういうことを指摘《してき》しているわけじゃない！　が、その通りだと一瞬《いっしゅん》賛同しかけた自分がいることは否定しない！　そしてその上で、俺は次になにを追及《ついきゅう》すればいいんだろう。

「俺が勝ったらこの写真貰《もら》っていいんですか？」

それが最優先かよ、俺！「そこが一番大事なところかー！」おお、多摩湖さんとシンクロ。

「でも他《ほか》に聞くことないしなぁ」

「いっぱいありそうだったじゃん！　そっちこそ前提ブロークンだよ！」

バンバンと机を叩《たた》いて抗議《こうぎ》してくる。なるほど、御説《ごせつ》ごもっとも。反省。

「で、くれるんですか？」

「そこは譲《ゆず》らないのね、黄鶏君《かしわ》」

「勝負は賭《か》けるものがあると面白《おもしろ》くなりますし。焼き増ししても可」

「あーいいよ、うん。勝ったら私も黄鶏君の写真一式貰《もら》っちゃうし。それに黄鶏君が勝つようなことがあれば、もっと素敵《すてき》なものを見つけられることでしょう」

後半は絵本を朗読《ろうどく》するような口調だった。素敵なもの？　もっとと言われても、銀河系では多摩湖《たまこ》さん以上はちょっと見つからないだろう。なにか誤解があるんじゃないか、多摩湖さん。

しかし、写真を賞品とする言質《げんち》は取った。これで歳並《としなら》べに目を血走らせることができる。負けて失うものが自分の締《し》まりがない写真とか、リスクが低いのに見返りは大きすぎる勝負だ。

「そういえば、どうして歳並べやろうって思い至ったんですか？」

「最初の質問が後回しになりすぎでしょ……言ったじゃない、慧眼《けいがん》を養う為《ため》だって」

「慧眼？」

「黄鶏君、私たちの時間は貴重なのよ。も、ひっじょーに尊いのよ」

身振《みぶ》り手振りを交えて時間の大切さを主張してくる。ついでに自分の髪《かみ》の毛《け》を指で梳《す》いた。

「そんな貴重な時間の中で起こる、日々の相手の変化を見逃《のが》すのはもはや懲罰《ちょうばつ》モノ。だから私と黄鶏君の観察力を鍛《きた》えることにしたの」

「はぁ……」

なんのこっちゃ。写真の年齢《ねんれい》当てで観察力を高めるとか、探偵《たんてい》じゃないんだから。

「…………………………」

手もとの写真をまじまじと眺《なが》めて、口もとと頬《ほお》が緩《ゆる》みかける。そこを意識して引き締《し》めてから、このゲームの難しさに顔をしかめた。ニヤニヤしたまま勝負っていうのも雰囲気《ふんいき》じゃないし。

一見するだけでも、年齢層を大雑把《おおざっぱ》には分けられる。例えばこの見目麗《みめうるわ》しい赤《あか》ん坊《ぼう》の写真は一歳《さい》と二歳のどちらかだろう、ということは分かる。でもこれの年代を正確に判別しろというのだから、意外と難しいのでは。

しかも俺は趣旨《しゅし》が不明だったから適当に選んできたけど、多摩湖さんは年齢の判別がつきにくい写真を吟味《ぎんみ》して持ってきたはず。これでは脱衣《だつい》ポーカーのとき同様、

「始める前から俺が不利って丸分かりなんですけど」

「そこらへんは愛と勇気でカバーしてね」

「便利ッスね、愛と勇気」

なんでもできるじゃねえか、ちくしょう。

どれだけの量があればそんなあやふやなものが万能ツールになれるのやら。

などというやり取りを経て始まった多摩湖さんオリジナルカードゲーム第三段、歳並べ。

先攻《せんこう》はジャンケンで決めて、俺ということになった。一度の失敗で即終了《そくしゅうりょう》なら後攻《こうこう》の方が有利な気もするけど、互《たが》いに十二枚全《すべ》てを並べることが出来た場合は必ず先攻が勝つ。

「俺と多摩湖《たまこ》さんの眼力を信じているから、敢《あ》えて先攻にしました」

「私は今の黄鶏《かしわ》君のお目々は信用してないけどね」

なんだか少し不機嫌《ふきげん》そうに唇《くちびる》を尖《とが》らせて、多摩湖さんがぼやく。うん？　俺、なにか機嫌を損《そこ》ねるようなこと言った、もしくは行った？　うーん……分からん。今は、勝負の方に集中するか。直接聞いても、きっと答えてはくれないだろうし。勝って聞きだそう。

縦にした写真をトランプカードのように持つ。十二人、向かいあうナウ多摩湖さんを含《ふく》めて、十三人の多摩湖さんが眼前にいる。至福だ。写真の一枚ずつから、俺の人生を虹《にじ》色に染める光線が出ている。十二色の虹ってなんだよと思いつつもその色彩《しきさい》に心洗われる。健全なお付きあいをしている俺たちでこれなんだから、世間でバカップルとか評される人たちの間にかかる虹は、きっと二百五十六色とか見境ないんだろうな、うん。

「ほらほら早く一枚目を置きなさい、いきなり間違《まちが》えないようにねー」

人差し指をぐるんぐるん回しながら多摩湖さんが催促《さいそく》してくる。その多摩湖さんもまた、俺の幼少期の写真を見つめては口もとがにやついている。一人きりだったらぬふふとか笑いそうなだらしない顔が、写真で作られた扇《おうぎ》の奥に生まれている。頬《ほお》の緩《ゆる》みからか顔も全体的に幼くなって、眼福《がんぷく》な可愛《かわい》さだった。こっちの視線に気づいて、すぐ澄《す》まし顔《かお》になってしまったけど。

「黄鶏《かしわ》君、早くしてくれないかしら？」

「よくってよ」

「いやなんでお嬢様《じょうさま》言葉が伝染してるの」

とはいうものの、一枚目が難しい。七並《しちなら》べと違《ちが》って最初に置かれる一枚、基準がないからだ。何歳《さい》から始めたものか。一応、確実に年齢《ねんれい》を特定できる写真は一枚だけある。小学六年生のときにこっちへ越《こ》してきた多摩湖《たまこ》さんの写真。子供会の集《つど》いで、公民館で卓球《たっきゅう》して遊んでいたときの写真があったからだ。多摩湖さんが卓球台の手前でラケットを振《ふ》って、対戦相手の六年生がピンポン球を必死に目で追っている、という構図だ。多摩湖さんと二人きりで写真に写るとはけしからんやつだ。どこの黄鶏君の許可を取って狼藉《ろうぜき》働いてるんだね、まったく。

そういえば、俺と多摩湖さんのツーショット写真って撮《と》ったことあったかな？　携帯《けいたい》電話のカメラも有効活用していない俺たちにそんな機会はないよな。……でも、写真も悪くないか。思い出は時間によって劣化《れっか》するかも知れないけど、それでも、そのときの気持ちが数%でも保存できるのだから。形格好にこだわるのも、いいものじゃないか。

「あ、今の格好良い台詞《せりふ》は口にしておくべきだったかも」

「ん？　なんの話？」

「いやいや、こっちの話」

そろそろ一枚目を選ぼう。この十二歳の写真だ。このゲームにおいて確実な答えを後に取っておく理由もないし。誕生日《たんじょうび》の引っかけも少し考えたけど大丈夫《だいじょうぶ》、多摩湖さんは五月生まれ。そしてこの卓球をした日はそれが過ぎてからのことだ。

机の右端《はし》に十二歳の写真を置く。多摩湖さんが手もとから一枚離《はな》れてしまったことが寂《さび》しい、と感じるのは健全と末期どちらだろう。いやまぁ清純派だろうな、うん。

置かれた写真を覗《のぞ》きこむような仕草で一瞥《いちべつ》して、多摩湖さんが口端《こうたん》を曲げる。目も挑《ちょう》発《はつ》的に笑って、口笛でも吹《ふ》きそうな調子だった。俺はそんな多摩湖さんに解答の合否を尋《たず》ねる。

「これが十二歳の多摩湖さん。どうです？」

「正解」

多摩湖さんが余裕《よゆう》に満ちた態度で顎《あご》を引き、写真のハートマークのシールを剝《は》がす。あの日付が正解の証拠《しょうこ》となるわけだ。そして多摩湖さんに俺のハートを一つ盗《ぬす》まれたぜ。……こんなこと言ってる奇術《きじゅつ》師がいた気もするな。

それはともかく俺が最初にこの写真を出すのは予想済みのようだ。この街で多摩湖さんと出会った後の写真はこれ一つだからなぁ。残りは全《すべ》て未体験だ。

「ポーカーのときと一緒《いっしょ》で君は手堅《てがた》いね」

多摩湖さんが自分の十二歳の写真を手のひらで撫《な》でながら指摘《してき》してくる。

「今回は写真がかかってますから、余計に慎重《しんちょう》なんです」

「そんな堂々と言われると、不純なのか純情なのかよく分かんなくなってくるね」

呆《あき》れたように多摩湖《たまこ》さんが呟《つぶや》く。それから自分の手もとの写真に目を下ろして、「じゃ、私のターン！」と声高らかに宣言する。部室で大声出しちゃいけないんじゃなかったッスかー？

「どれにしよっかなー」

うふうふと笑いながら、人差し指が品定めするように左右に振《ふ》られる。その仕草は確かに、大貧民とかカードゲームの類《たぐい》を行う人のものだった。腐《くさ》ってもカードゲーム研究会だけある。

「そんなよりどりみどりなほど分かりやすいですか？」

自分の選んできた写真の内容がいい加減にしか思いだせなくて、不安になる。

俺の疑問を受けて、多摩湖さんが思わせぶりににやつく。ピン、と指で写真を一枚弾《はじ》いた。

向かい側《がわ》に座る俺にはその写真が何歳《さい》のものなのか、確かめることができない。

「黄鶏《かしわ》君のことで分からないことなんかないよ」

「ぐげ」

さらりと凄《すご》いことを言われてしまった。頬《ほお》が急速解凍《かいとう》でもされたように高熱を帯びる。多摩湖さんはそれを知ってか知らずか、ニマニマと上下の唇《くちびる》をくねらせながらまた写真を指で弾く。

「そ、それなら多摩湖さんは洞察《どうさつ》力を鍛《きた》える必要なんかないですよ」

そう指摘すると、写真の扇《おうぎ》の奥にある双眼《そうがん》が俺をジッと見据《みす》えてきた。

「黄鶏君にはあるから付きあってあげてるの」

「は、はあ」俺、なにか見落としがあるのかな？　洞察力……ということは今日の多摩湖さんには普段《ふだん》と違《ちが》う、大きな変化があったりするのだろうか。いや大きければ俺でも気づくはず。装飾品《そうしょく》が違うとか？　うーん、ジロジロ……可愛《かわい》いなぁ、学校の制服はこの人の為《ため》にあるよなぁ、絶対……いやいやそうじゃなくてだな。

「ていうかさ、小学校の入学式の写真があるんだよね、普通に」

その写真をひっくり返して俺の目に晒《さら》す。小学校の校門の前で引きつったように背筋を伸《の》ばして立って、新品のランドセルを背負っている六歳の俺が映っていた。背景にしっかり、ご入学おめでとうと書かれた看板が入りこんでいる。桜の花びらはほとんど地面に散っていた。

「……これは分かりやすいですね」

「うわぁ、半ズボンの黄鶏君かっわいぃー」

写真を頭の上へ掲《かか》げながら多摩湖さんが目をキラキラとさせる。自分だけの宝物を発掘《はっくつ》した子供みたいにあどけなく輝《かがや》く瞳《ひとみ》。年上の多摩湖さんが時折見せる幼い振《ふ》る舞《ま》いは、俺の人生の数秒間を人生最高の幸福を感じる瞬間《しゅんかん》に日々、更新《こうしん》していく。

だけど、その一方で今回に限っては。

……ん、なんだこの渦巻《うずま》く焦《こ》げ臭《くさ》さは。手の甲《こう》の筋が痛むし、耳たぶの後ろが熱くなる。

「あとこの黄色い帽子《ぼうし》とぎこちなく背負ってるランドセルもいいよね」

「……そうかなぁ」自分の鼻水垂《た》らしてたガキ時代を褒《ほ》められてもピンと来ない。

「じゅるっ」

「なんで涎《よだれ》吸うんですか出てるんですか」

「いやー、この頃《ころ》の黄鶏《かしわ》君もおいしそうだから」

ふふふ失敬、と多摩《たま》湖さんが男前な表情で口もとを拭《ぬぐ》う。おいしそうってどういう意味合いの発言なんだろう。心臓ドキドキ。多摩湖さんになら食べられてもいいし、多摩湖さんを食べるのも一向に構わないのですが。

「こっちも最初は手堅《てがた》く行こうかな。はい、六歳《さい》の黄鶏君……ああ、半ズボン黄鶏君が私の手から旅立っちゃった。母親気分ってこんな風なのかなぁ」

思わせぶりな一言でこっちを翻弄《ほんろう》したまま、多摩湖さんがゲームを続ける。小学一年生だから七歳、と引っかかるはずもなく易々《やすやす》と正解してしまう。でも半ズボン黄鶏君はやめて欲しい。

「これは合ってる？」

「そりゃ正解ですよ」

そう返すと多摩湖さんはうん、とご満悦《まんえつ》に顎《あご》を引く。そして、写真のシールに爪《つめ》を引っかけて剝《は》がす。無駄《むだ》にハート型だからアレだな、剝がすときに破れたら失恋みたいで嫌《いや》だ。

「ここまではチュートリアルみたいなもの。ここからが本当のゲームよ」

その宣言に無言のまま、目線だけで答える。そして、手もとに目を落とす。確かにここから、ってまだ二枚目なのに、既《すで》に手詰《てづ》まり感がある。なんのヒントもないからな、ここからは。

十二歳の写真に比較《ひかく》的近い体格の多摩湖さんを探す。この年頃《としごろ》は女の子の方が成長著《いちじる》しいんだよなぁ。初めて会ったときの多摩湖さんも、俺から見れば中学生みたいだった。だから一年の差でも大きな変化があり得る。十歳と十一歳の区別をこの両目で見極《きわ》めねば。

一見して十一歳に該当《がいとう》しない写真を省いて机に置き、正解の可能性を含《ふく》む二枚の写真を手もとに残す。一枚は多摩湖さん含む六人の子供が、野山を背景にして写っている。リュックサックを背負っているから、遠足の記念撮影《さつえい》だろうか。ピースしている多摩湖さんは笑顔《えがお》で、両隣《どなり》には同年代の女の子が立って同じく笑顔を浮かべている。これが、十二歳未満の多摩湖さんかぁ。

　俺と出会う前。俺の知らない多摩湖さん。遠くの土地で友達と楽しそうに並んでいる。……胸がモヤッとする。嫉妬《しっと》かな。仕方のないこととはいっても、もっと昔から多摩湖さんと知りあえていたらな、と思ってしまう。後悔《こうかい》に近い感情が去来して、目の下の筋肉を震《ふる》わせた。

「ああ、多摩湖さんを赤ちゃんに戻《もど》したい」

「君はなに唐突《とうとつ》にもの凄《すご》いお願い口にしてるの」

「気にしないでください、人間だから偶《たま》にこういう気分になるんです」

「怖《こわ》いよその人！　私の人間観覆《くつがえ》さないでくれるかな！」

　さてもう一枚はと。……これは、運動会か。運動会だな。運動会だ！　……失礼、つい鼻息も荒《あら》くなってしまった。いやね、小学生の多摩湖さんの体操着の一生懸命《いっしょうけんめい》走ってるの胸《むね》もと強調してるのほんの少しだけ膨《ふく》らんでるの膨らみかけなの第二次性徴《せいちょう》の兆《きざ》しなの。

「じゅるるっ」

「うわ、急に黄鶏《かしわ》君の顔が映像化出来ないレベルに陥《おちい》った」

「だってこれ太ももも丸出しですよ！　小学生なのに！」

「それってどっちかっていうと小学生だからじゃないの？」

「生足《なまあし》丸出しナマコさん！」

「略し方のせいで別の生き物になっちゃってるから！　しかもそんな名前叫《さけ》ばないで！」

多摩湖《たまこ》さんがバタバタと両翼《りようよく》をはためかせるように慌《あわ》てふためく。よーし、二人ともいい塩梅《あんばい》に暖まってきた。俺たちのゲームの本質は常に羞恥心《しゆうちしん》との戦いだからな。カップルとしてあるべき姿を取るのは、非常に恥《は》ずかしい。お外で手を繋《つな》いだり『君の瞳《ひとみ》に乾杯《かんぱい》』とか言って相手の眼球に唾《つば》つけたりするのは勇気がいる。愛情だけじゃ克服《こくふく》できない恥《はじ》の壁《かべ》がある。

それを熱と勢いで乗り越《こ》えるというかぶち当たって砕《くだ》いて前に進むのが正しいカップルの在り方といえよう。愛と勇気は両方ないと万能じゃないのさー。

そんなカップル談義はさておき写真である。二枚の写真、どちらが十一歳《さい》なのか。

「むぅ。多摩湖さんかナマコさんか」

「同一人物じゃないような言い方なんですけど！　ちょっとされたくはないけど！」

くわっと目を見開く。背景に多摩湖さんの全身。なにかないものか。運動会のナマコさんの方につい目が行く。ナマコさんの生足、服のシワ、胸もとの膨《ふく》らみ。……ん、そうか！

遠足の写真と運動会の写真を片手ずつに持って、目線の高さと水平にする。そして二枚の写真に身を乗りだして顔を近づけ、ジッと、ジッと写真のある一点だけを凝視《ぎょうし》する。

「そんな熱心に見ていても、分かるものかなぁ」

くっくっく、と多摩湖さんが悪役笑いで成果に探《さぐ》りを入れてくる。俺は写真から目を離《はな》さずに、それに応《こた》えた。この画期的な判別方法を知れば、多摩湖さんも度肝《どぎも》を抜《ぬ》かれるだろう。

「ああ、そろそろ……かな。おぼろげながら見えてきた」

「なにがそろそろ？」

「多摩湖さんの胸の発育具合から年代を特定する作業」

「おぉーい！　変態くーん！」

机に手を突《つ》いて多摩湖さんが起立する。木製の机の脚《あし》が二、三本折れそうな勢いだった。

「ふふ、やはり驚《おどろ》かれたようですね」

「この胸に訪《おとず》れた想《おも》いを驚きとかいう言葉だけで片付けられない！」

「え、どの胸どの胸？」

「うわー、現実のまで見るなー！」

多摩湖さんが挙動不審《ふしん》に腰《こし》を捻《ひね》りながら胸もとを手で隠《かく》す。まるで変質者にでも遭遇《そうぐう》したような態度だ。生憎《あいにく》とこの部室には鏡がない。そんな人どこにいるというのかねはっはっは。

「十一歳の多摩湖さんの胸、十一歳の多摩湖さんの胸」

「十七歳《さい》の黄鶏《かしわ》君の脳がどっか逝《い》っちゃってるよー！」

「この遠足に着てる服、ちょっとサイズが大きめだから胸が分かりづらいッスよねー」

「八年前の私について愚痴《ぐち》言われても！　……っあ！」

多摩湖《たまこ》さんが慌《あわ》てて口を閉じて失言の尻尾《しっぽ》を呑《の》みこむ。でも遅《おそ》い。へぇ、八年前か。今の多摩湖さんが十九歳《さい》だから、十一歳。遠足多摩湖さんの方がナマコさんより年上なのか。

「ふぅん……へぇ、ほぉ……」

「あいたー、やっちゃった。カードゲーム研究会の部長的にかなり落ちこみそう」

「そう、ですね……うん……」

上《うわ》の空《そら》であるように生返事《なまへんじ》をしつつ、写真凝視《ぎょうし》。俯《うつむ》いていると、熱と汗《あせ》が髪《かみ》の生《は》え際《ぎわ》から線となって垂《た》れてくるようだ。或《あ》るいはそれは、熱によって溶《と》けた疑問なのかもしれない。

「ジロジロ眺《なが》めないで早く正解の写真置きなさい！」

「多摩湖さんの成長を確かめておかないと」

「黄鶏君は成長が脱線《だっせん》してるから！　戻《もど》っておいでー！」

「くぅ……」

「なに悔《く》やんでるの！　それは確実にろくでもないことだから迷わずポイしなさい！」

「この写真に写っている多摩湖さんは胸のサイズが違《ちが》う。それは確実なんだ、なのに！」

ダン、と机に握《にぎ》り拳《こぶし》を叩《たた》きつける。埃《ほこり》がその衝撃《しょうげき》で微《かす》かに浮き上がった。

「許せん、その違いの分からんことが許せん！」

「黄鶏君が世間的に許されない人になってるから！　はいもう没収《ぼっしゅう》！」

多摩湖さんに遠足の写真をむしり取られる。そして十二歳の隣《となり》に遠足中の多摩湖さんが並ぶこととなった。多摩湖さんがまた一人、俺の手もとから巣立《すだ》ってしまった。

「もー、もー……うあー！　君は私の想像をほんと簡単に超《こ》えるね！」

「でも観察力を鍛《きた》えるってこういうことでは？」

「黄鶏君が発揮してるのは変態力！」

言い得て妙《みょう》だった。顔全体を真っ赤に染めて怒《おこ》る多摩湖さんが「私の番だから！」と早口で告げて場を動かしてしまう。俺としてはもう少し見極《きわ》めたかったのだが。いやあくまでも歳並《としなら》べの趣旨《しゅし》に沿いたいだけであって、少女多摩湖さんに目が釘付《くぎづ》けなわけではないのですよ。

名残惜《なごりお》しいがゲーム続行。十一、十二歳の写真が明らかになったお陰《かげ》で、消去法として体操服の多摩湖さんが十歳ということはほとんど確定したので、次の番も俺は安泰《あんたい》。多摩湖さんはどうだろう。年齢《ねんれい》が一目瞭然《いちもくりょうぜん》の俺の写真がまだ他《ほか》にあるのだろうか。「写真を眺める両目は落ち着かないし、口もとの笑《え》みも失われている」

「それはどっちも黄鶏君のせいでしょ！」

「追いこまれる感覚も勝負事の醍醐味《だいごみ》ですよね」

「絶対、人生的には黄鶏君の方が追いこまれてるよ……」

ぶつぶつとぼやきながら写真を睨《にら》む。俺の写真で判明しているのは六歳《さい》。形としては七並べに近い始まりとなっている。このゲームにおいて、だからどうだというわけではないのだが。

多摩湖《たまこ》さんが一枚の写真を抜《ぬ》き取る。それの裏表をひっくり返して、聞きこみ中の刑事《けいじ》みたいに俺に見せつけてくる。そこには見覚えがあるようであまりない、水着姿の子供が不機嫌《ふきげん》そうに家族と写っていた。背景は砂浜と緑色の海。ああ、とそこで思いだす。町内旅行のやつだ。

「これ、私と初めて出会った頃《ころ》の黄鶏《かしわ》君だよね」

ですねと同意しかけて、いやいやと思い留《とど》まる。ゲーム中だぞ、素直《すなお》に頷《うなず》いてどうする。だけど多摩湖さんの口調は強い確信に満ちていて、頬《ほお》の赤みも落ち着きだしていた。

「覚えがないですねー」

「とぼけちゃって。格好は違《ちが》ってもこの背丈《せたけ》に覚えがあるの。ああ、小さい子だったなぁって」

「……今では俺の方が大きいけどね」

いつの間に抜いたんだろう。俺の背丈が急速に成長した中学時代は多摩湖さんと接点がないからな。そう考えると多摩湖さんと共有した時間ってまだ短いわけだ。

「水着姿の黄鶏君もいいねいいねー」

その割にこういう発言がポンポン飛び交《か》うのはどうしてでしょう。孵《かえ》る前の卵の中では既《すで》につがいのヒヨコが乳繰《ちちく》り合っていました、みたいなこのやり取りはどうなんだろう。

「きゃー、黄鶏君ったら上半身裸《はだか》よ、だいたーん」

頬《ほお》に手を添《そ》えた多摩湖さんがきゃーきゃーと満面の笑顔《えがお》で顔を横に振《ふ》る。そのはしゃぎぶりには少々コメントしづらい。気恥《きは》ずかしさもあるし、どう対応すればいいか思いつかないのだ。

それに昔の俺が多摩湖さんに評価されると……なんか、チリチリする。なんだろうこの感覚。

「日本にもこんな素敵《すてき》な黄鶏君のいるビーチがあったのね……ぬへへ」

「はいもうお終《しま》い。写真にはぁはぁしてないで置きましょうね」

「なにをするー、ミズギ君を返せー」

「ミスギ君がなまったような名前つけないでください」

写真を取り上げて机に置く。ほんと、詰《つ》まらなそうな顔した奴《やつ》だよな。なにがそんなに不満だったんだ？　多摩湖さんがいなかったからか？　それなら気持ちは分かるな。

「で、これは何歳ですか？」一応尋《たず》ねておく。

「黄鶏君の誕生日《たんじようび》、とこれは夏だから……九歳の写真ね」

俺が無造作に置いた写真の位置を、多摩湖さんの細長い指が修正する。六歳の俺の写真から二枚分の間隔《かんかく》を空けて置かれたそれに、「正解」と短く呟《つぶや》いた。

「半ズボンの黄鶏君が二枚机にいると、こう、クルネ！　あいやー！」

パーンと額を手のひらで叩《たた》いて『参ったねコノー』に一人浸《ひた》る多摩湖さん。

「多摩湖さん、人のこと突《つ》っこんでられないキャラになってるから」

「黄鶏君のほっそい生足《なまあし》がクルんだよね！」

……色々と聞かなかったことにして流そう。

うん、俺の番だね。さっき思ったとおり、今回は正解が分かっている写真があるから慌《あわ》てる必要はない。一つの写真が明らかになればその前後はある程度の保証が生まれる。なんだかマインスイーパーをやっているみたいだ。地雷《じらい》の場所が一つ分かればある程度はマスを開拓《かいたく》できる。

長方形の運動場を駆《か》けるナマコさんの写真を手に取る。取るだけであり、机には向かわない。

窓の外から溢《あふ》れてくる演劇部の刺々《とげとげ》しい発声練習を小川のせせらぎのように聞きながら、じっくりと写真を眺《なが》めた。廊下《ろうか》からもパタパタと誰《だれ》かが走る音がする。活気ある放課後だなぁ。

「うーん、これは分からない。もっと血眼《ちまなこ》になって見ないとなー」

「なに白々《しらじら》しいこと言ってるの！　運動会の写真が特定できてるでしょ！」

「いやでもナマコさんは突然《とつぜん》変異の三歳《さい》児とかいう引っかけの可能性もあるし」

「名前が突然変異になってるっつーの！」

ぐいっと手ごと写真を引っ張られて、取り上げられそうになる。勿論《もちろん》、それを黙《だま》って受け入れない。

「ナマコさん盗《と》っちゃダメー！」

「ナマコさん見てちゃダメー！」

むぐぐ、と手を引っ張りあいながら耐《た》え忍《しの》んで、写真の中のナマコさんを愛《め》でる。

羞恥心《しゅうちしん》を伴《ともな》いながら相手の過去を愛でるゲームは、まだこれからだ。

『これなんて読むの？　きけい君？』

高校生になって最初に多摩湖《たまこ》さんが話しかけてきたとき、まずはそう言った。俺の、なんだったかな。持ち物、教科書とかなにかに冗談《じょうだん》で書いてあった名前を一瞥《いちべつ》して多摩湖さんが読み方を尋《たず》ねてきたのだ。俺は当時、同級生でありながら年上であるその人に萎縮《いしゅく》していた。

『カシワ、ッスけど』

当然、最初から綺麗《きれい》な人だなぁと見惚《みと》れてはいた。でもどう接していいのか分からなくて、目は伏《ふ》せがちになって。多摩湖さんの方は気負わず、自然体の笑顔《えがお》だった。

『そうかぁ、黄鶏《かしわ》君。君、子供会で会ったことあるよね』

『あぁ……ありましたね、そういえばそんなこと』

『カードゲーム好き？』

『脈絡《みゃくらく》まったくないんですけど』

という感じに勧誘《かんゆう》されて、相手が美人だからという理由であっさりそれを受け入れて今に至るのであった。よく今までキャッチセールスに騙《だま》されなかったなと我ながら感心してしまう引っかかりぶりだ。世間でいうニワトリ頭でももう少し考えるに違《ちが》いない。

「……黄鶏君？　なに写真見つめてうふふ笑いしてるの？　君の番だよ」

ていたら集中しすぎて、少し眠《ねむ》くなっていたらしい。昔の夢をうとうとと、意識が泳いでいた。

多摩湖《たまこ》さんに声をかけられて、頭上に張られていた薄《うす》い膜《まく》がパチンと割れる。写真を見据《す》え

顔を上げると目の前には呆《あき》れ顔《がお》の多摩湖さんがいる。……去年と変わらないなぁ、その美貌《びぼう》。この先十年が経《た》っても永遠の十九歳《さい》で通じる、手入れされた美術品みたいだ。光の糸で紡《つむ》がれたような儚《はかな》ささえ覚える輝《かがや》かしい肌《はだ》、髪《かみ》、目玉。キラキラと、粒子《りゅうし》を放っているみたいだ。


「すいません、なんか楽しい夢を見ていて」

「人の赤ちゃんの写真を見つめながら夢見心地《ごこち》ってちょっと怖《こわ》いよ」

「ちょっとですか？」

「んーごめん、大分かも」

「意外と子煩悩《こぼんのう》なんです」

「涎垂《よだれた》らすパパは怖いから」


さぁ写真を置くのだ、と多摩湖さんに催促《さいそく》される。俺も多摩湖さんも三枚目を無事に置いて四枚目に取りかかるところだった。俺は三枚目として当然、ナマコさんを選択《せんたく》。一方の多摩湖さんは、特に悩《なや》まず俺の十歳の写真を選んで置いて、しかも正解してしまった。

「黄鶏《かしわ》君の他《ほか》の写真ならよく見てるからねぇ、ふふふのふ」

とは多摩湖さんの弁。俺の写真を恒常《こうじょう》的に……ドキドキ。昔の俺の写真をどういった経路で入手しているとか、そういうことは気にならない。だってそんなことは俺もやってるからだ。

俺の手もとに残っているタマコカード（写真）は一歳から九歳。どの『塊《かたまり》』から着手していくかでまず悩んでいる。赤《あか》ん坊《ぼう》の時代、幼稚《ようち》園《えん》時代、そして小学校低学年に中学年。年代はこの四つの塊に分けられる。

小学校高学年は既《すで》に置き終えた。さぁどうする、難易度があからさまに高いのは一歳と二歳の赤ん坊だ。多摩湖さんが選んできた写真だけあって、非常に見分けづらい。どちらも赤ちゃんの多摩湖さんが布団《ふとん》の上に寝《ね》かされているだけで、同じ構図、同じような顔立ちだった。

恐《おそ》らくこの二枚は誕生日《たんじょうび》を挟《はさ》んで数日しか差がないのだと思う。着ている服や布団の柄《がら》も一緒《いっしょ》だ。雑誌の間違《まちが》い探しに使えるぞ、これ。んー……んー。気づけば手もとには赤ちゃんの写真だけが残り、じぃっと、まばたきしないその瞳《ひとみ》たちと見つめあっている。

「赤ちゃん多摩湖さんが二人……このまま育てば多摩湖さんが二人だったのに」

「いや時間連なってるからね、それどっちも昔の私」

「そうなったら二人の多摩湖さんに俺が包まれて……」

「二人で黄鶏《かしわ》君を取りあうだけだと思うんだけど……ぼそぼそ」

「挟まれて……」

「い、言い方をそういう方向に変えないように！」

「多摩湖サンドの具材になれたら死んでもいいッス！」

「私中身じゃなくてパンになってるじゃん！　だ、か、ら君は脱線《だっせん》しすぎ！」

俺としてはこっちが正しい道筋だと信じて疑わないのだが。色々と考える（妄想《もうそう》する）ことは夢が広がって楽しいじゃないか、主に考える方が。想像に使われた方は堪《たま》ったものじゃない。

「どっちがより生まれたての多摩湖《たまこ》さんなんだろう」

「君の言い方はいつも微妙《びみょう》に含《ふく》みがあるよねぇ」

「今回は胸を見つめてもなぁ……」

「なんで落胆《らくたん》が言葉の端々《はしばし》に滲《にじ》んでるの！」

いやそんなことないッスよ、と生返事《なまへんじ》してから唸《うな》る。あぁもういいや、勘《かん》で決めよう。神様が俺に多摩湖さんの写真とキスさせたいなら、味方してくれるだろう。……どんな神だよ。

勘で選んだ方の写真を机に置いて、多摩湖さんの方へ差しだす。多摩湖さんはそれを見下ろして数秒、なにかを確認《かくにん》してから俺に向けて試《ため》すように微笑《ほほえ》む。

「それは黄鶏《かしわ》君の見立てで何歳《さい》？」

「……二歳」

「へぇ、どうしてそう思ったの？」

「勘。後、髪《かみ》がそっちの方が少し長い、気がするから」

弱い根拠《こんきょ》を添《そ》えると、多摩湖さんがなぜかムッと眉根《まゆね》を寄せる。不正解かな、と肩《かた》をすぼめて苦笑すると、多摩湖さんは「ぷーん」とそっぽを向いてからぼそりと合否の結果を呟《つぶや》いた。

「せーかい」

そう告げる割に不服そうだ。あぁ、シールがビリッと無造作に剝《は》がされて破れた。

今のは観察眼、結構働いたと思うんだけどなぁ。なにが不満なのか今日の多摩湖さんは見透《す》かせない。ああ、それが観察力不足なのか？　なるほど、不足してるな。

多摩湖さんはしばらく窓の方を向いて差しこむ光を睨《にら》んでいたけど、やがて写真へと注目を戻《もど》す。九枚の写真を眺《なが》め回すと、機嫌《きげん》は途端《とたん》に回復したようだった。

「さて、次なる半ズボンの黄鶏君はと」

鼻歌でも始まりそうな陽気さを伴《ともな》って、キョロキョロと首を左右に振《ふ》る。

「なんで半ズボン限定で写真検索《けんさく》してるんですか！」

「いーじゃん可愛《かわい》いんだし」

「むぅ……」

可愛い。何歳か知らないが、昔の俺が。……ぐぐっと、芽が土を割って地表へ現れるように急速に、心底に這《は》った根が生まれた感情を吸い上げる。それは、炭化した黒色に染まっていて。そんなものを吸う芽の正体に、心当たりは一つしかなかった。

「あー、分かった」

悟《さと》ったぜ、胸の内。理解したよ、渦巻《うずま》く底にあるもの。ああ、と天井《てんじょう》に向けて息を吐《は》く。

「どしたの？　分かったってなんのこと？」

写真から目を離《はな》さずに多摩湖さんが首を傾《かし》げる。俺はその気づきを公表するか若干《じゃっかん》迷い、だけど口にしなければ伝わらないものがあるという結論を出して、多摩湖《たまこ》さんに言う。

「俺はさ、さっきから昔の自分にヤキモチ焼いてるんだ」

「……うん？」

写真から顔を上げて、多摩湖さんが目を丸くする。瞼《まぶた》と唇《くちびる》の動きが止まった。

「だって多摩湖さんが他《ほか》の男にぐへへと涎垂《よだれた》らしてるから！」

「ほ、他の男って、これ黄鶏《かしわ》君だよ！　あとぐへへとか笑ってないから！　私は淑女《しゅくじょ》ですよ！」

「いや笑ってたよ！　と、とにかく俺の前で他の男を褒《ほ》めるのは、こう、減点！　多摩湖さん減点！」「にゃにおぅ！」

いきり立った多摩湖さんが席を立って、わなわなと唇を震《ふる》わせる。目は逃《に》げ惑《まど》うように落ち着かなくて、頬《ほお》も真っ赤。そして俺の鼻先に人差し指の先端を突《つ》きつけてきた。

「じゃ、じゃあ私も言うけどねぇ！　今の私の前で昔の私の胸をジロジロ見るとか不実だと思います！」「じゃあ今のを見ます！」「おぅ存分に見つめるがいい、さ？」「っしゃ！」

あちょっと待ってという多摩湖さんの制止も無視して凝視《ぎょうし》。血走って食い入るように、多摩湖さんの豊胸に視線を投射。こっそり覗《のぞ》かないのは気持ちがいいですなぁ！

「やっぱダメ！　そーいうのは私たちにはちょっと早いの！」

「そうですか、それならちょっと昔に戻ってロリ多摩湖さんのお胸を」

「その路線から離《はな》れるように！」

「じゃあ俺はどの胸を見て生きればいいんですか！」

「見なくていいっつーの！　他に見るものあるでしょうが！」

「え……？」

「ないのかよ！　今までどんだけ視野狭窄《きょうさく》に生きてたの！」

「脇《わき》？」

「漢字一文字以外の場所を探そう！」

「胸《むな》もと」

「誰《だれ》が国語辞典の真似《まね》なんかしろと言ったの！」

　などと口論というか意図不明な争いが勃発《ぼっぱつ》しながらも、多摩湖さんが四枚目の写真を置く。

それは俺が保育所の遠足で山に登った五歳《さい》の写真なのだが当たったとかそんなことは比較《ひかく》的どうでもよくて（半ズボンではある）、この後も、実質二枚目あたりからほとんど変わっていない歳並《としなら》べの様子が続くのであった。「多摩湖さんの赤ちゃん、生後一年！」「それだと私が子持ちみたいじゃん！」「ほっかほかの多摩湖さん！」「一応それでも君なりに修正してくれたんだよね！」「はい次多摩湖さん！　あんまりジロジロその連中を眺《なが》めないように！」「過去を全否定かよ黄鶏君！　私のターン！　この半ズボンで膝小僧《ひざこぞう》丸出しの黄鶏君は四歳と見た」「またかよ！　半ズボンしかねぇじゃねぇか！」「選んで持ってきたのは黄鶏君だよ！　この不安そうな怯《おび》えた上目遣《うわめづか》いが堪《たま》りませんなあ！」「高いところ苦手なんですよ鶏《にわとり》だから！」「私

「え、あーそんな大胆《だいたん》すぎる宣言を、言われてくねくね」「言ってぐねぐね。っく、八歳《さい》と九歳の多摩湖さんか！　どっちにしよう！」「その葛藤《かっとう》、ちょっと日本語おかしくない？」「どっちの多摩湖さんもいい笑顔《えがお》なんだよなぁ。どっちに微笑《ほほえ》みかけよう！」「凄《すご》くいい笑顔ですんごく気持ち悪いこと悩《なや》んでる！」「こっちの写真、肩《かた》かけ鞄《かばん》の紐《ひも》が胸の中心を通っているのがいいですよね！」「なんであくまでも胸中心に食いついてきてるの！」「やっぱ人間大事なのはハートだよハート。キャッチザハート」「黄鶏《かしわ》君はハートを表面的にしか見てないよ！」「はーいー」「急になんで手を振《ふ》ってるの？」「いやこの写真に写ってる多摩湖さんが手を振ってくれたから応《こた》えないと」「むー、年代ごとの多摩湖さんに分《わ》け隔《へだ》てなく愛想ふりまくの禁止！　ここにいる多摩湖さんだけにしなさい！」「俺と同じ結論に達してるじゃないですか！」「ていうかさっきからいい笑顔すぎ！　黄鶏君ってちっちゃい子好きとかそういう趣味《しゅみ》があったのかよ！　じゃあどうして私と付きあってるんだろうね！」「失敬な、ちっちゃい子が好きじゃなくてちっちゃい多摩湖さんが好きなだけです！」「じゃ、じゃあ、ばーぶー、わたちたまこちゃん！　これでま、満足したかね！」「まぁまぁ」「なんでちょっと素《す》の反応に戻《もど》るのさ！」「そういう作った幼さより、こう、わたしおっきくなったらかしわくんのおよめさんになるー、みたいなね！」「今でも言えるし、結婚しようぐらい！」「明日役所に行きましょう！」「気が早すぎるよ！　その前に半ズボンの黄鶏君を並べる作業を続けるの！」「なんでそんな半ズボンに固執《こしつ》するんですか！」「分からんのかね！　猫《ねこ》が好きとか犬が好きのレベルだよこれは多分！」「多摩湖さんだって俺の脇《わき》に対するこだわりが分からないでしょ！」「脇と服装を一緒《いっしょ》にしないの！」「するの！」「むむむ許せん、それの分からんことが許せん！」「それさっき俺が言った！　ていうかこのやり取りみんなもう飽《あ》きてると思う！」「黄鶏君よりは使いどころを格好良くしてるつもり！」「五十歩百歩ッス！」「分かってないなぁ、半ズボン＋黄鶏君だから心ときめくのよ！　中心はいつも黄鶏君なわけ！」「だったら俺も多摩湖さんに半スカートを要求する！」「なにその半スカートって不吉な造語」「ミニスカートの丈《たけ》を更《さら》に半分」「ただの布じゃん！　下着丸出しだよワ◯メちゃんか！」「俺の部屋にいるときだけ許可します」「今の私のどこに肯定《こうてい》のお伺《うかが》いがあったか！」「ていうか誰《だれ》ですかこの多摩湖さんの水着写真をこっそり撮影《さつえい》したけしからん男は！」「私のお父さんだよこっそりしてないよピースしてるじゃん！」「お義父《とう》さんいい趣味《しゅみ》してるなぁ」「手のひら返すのはえー！　好感度を上げたんだかなんなんだかも、さっぱり分からないよー！」

といった恥《はじ》と言葉の応酬《おうしゅう》が長々と続いて見事、机の上に十枚の俺と多摩湖さんが並んだのであった。実のところお互《たが》い、中盤《ちゅうばん》から写真と年齢《ねんれい》が一致《いっち》しているか確認《かくにん》していない。言葉の勢いに流されて主観で並べて、十枚が取《と》り敢《あ》えず並べられているにすぎない。でもまぁ、概《おお》ね当たっているだろう。そこらへんは愛と勇気が正解を紡《つむ》いだということで納得《なっとく》して先に進む。

十一枚目、実質最後の一枚。俺がここで正解すれば勝利は決定となる。年齢で空いているのは五歳《さい》と六歳。四歳と七歳が判明しているのだから、冷静に観察すれば見極《きわ》められる、はず。

手もとに残っているのは市民プールらしき場所で水着の多摩湖《たまこ》さん「はー、はー」「紹介《しょうかい》途中《とちゅう》に息を荒《あら》げない!」プールサイドに立って水を全身から滴《したた》らせて、撮影《さつえい》者のお父さんに向けて満面の笑《え》みを浮かべている。健康的に日焼けした肌《はだ》が新鮮《しんせん》で目を引く。ちなみに水着は黄色と白のパステル調の模様。「うむ」「水着の写真に男前な顔で頷《うなず》かれるの辛《つら》いんですけど」

水着とは別、もう一枚残った写真は……芋掘《いもほ》り? 他《ほか》の子たちと一緒《いっしょ》にしゃがんでいる、薄《うす》い水色の帽子《ぼうし》を被《かぶ》った多摩湖さんが地面からサツマイモを引っこ抜く瞬間《しゅんかん》が撮《と》られていた。背景は子供たちの水色の頭で埋《う》まって、空も曇《くも》って特色がない。相変わらずヒントを一切与《いっさいあた》えない写真選びは見事なものである。もしかしたら今回の徹夜《てつや》はゲームの考案じゃなくて写真を選ぶことに一晩かけたのかもしれない。……さて、なにを根拠《こんきょ》に選択《せんたく》したものか。

生憎《あいにく》とチキンの俺に勇気はない。しかしチキン野郎《やろう》にも過去と未来はある。そして俺だけで現在は成り立たない。俺を産んだ両親、多摩湖さんを産んだ両親。過去から続く血の繋《つな》がり。

そこに愛がある。勇気はなくとも、ニワトリにだって愛情がある。その愛で、俺は多摩湖さん以外の誰《だれ》にも負けるつもりはなかった。愛は勇気を補う、それぐらい万能。愛バンザイ。

だから愛に託《たく》そう、愛に全《すべ》てを。洞察《どうさつ》力はないかもしれないが、眼力はある。真正面から多摩湖さんを見据《す》えて、声を張る。胸を張る、自信を引かせない。ただ、前へ。

「こっちが六歳の多摩湖さんです」

そう言って差し出したのは、水着の方の多摩湖《たまこ》さんだった。現在の時間に流れる愛を信じるなら見比べるまでもなく、こちらが六歳《さい》だ。いやそうあるべきなのだ。……格好良く言うと、こうなるんだよなぁ。実際に決め手となった要因を簡潔に表現すると、エライことになるのに。

写真を見下ろした多摩湖さんが唇《くちびる》の横を指で掻《か》く。瞼《まぶた》を下ろして、「うー」と唸《うな》った。

「……げー、とがっくりくればいいのか、黄鶏君《かしわ》の識別の確かさを喜ぶべきなのか」

「……それじゃあ、正解？」

ん、と多摩湖さんが控《ひか》えめに頷《うなず》く。目を開けて、ぱちぱちといい加減な拍手《はくしゅ》で祝福してきた。

「やった！　っし！　俺の勝ちだ！」

残った最後の写真を握《にぎ》りしめながら、ガッツポーズ。多摩湖さんは浮かれる俺と対照的に沈《しず》んだ顔つきで、「なんかなー、間違《まちが》えないのはいいけどさー、それならこのゲームの前に気づくとかさー」とぼやいている。ん、気づく？　ああそうだ、今の多摩湖さんはなんかちょっとした違いがあるんだったな。ゲームと新たなる多摩湖さんの魅力開拓《みりょくかいたく》に忙《いそが》しくて、すっかり忘れてしまっていた。

「でも最後、妙《みょう》に自信ありそうだったけどなんで分かったの？　なんかミスしたかなぁ、私」

あー、それを聞いちゃうか。まぁいいか。

「出所が個人的な願望で恐縮《きょうしゅく》なんですが」

「願望？」

「五歳より六歳の方が、今の多摩湖さんに近いから」

「……はぁ？」

　いや、だからさ。水着の多摩湖さんを見下ろして、うんと一度頷《うなず》く。それから顔を上げた。正面から多摩湖さんを見据《す》えて、その健全に辿《たど》り着く為《ため》の問いかけを発する。

「五歳の水着姿より六歳の水着姿を眩《まぶ》しく感じる方が健全カップルと思いませんか？　いや俺は胸のサイズとかそんなことで判断したんじゃなくて愛のパワーで今の多摩湖さんに近い六歳の方を選んだんですよ本当です」

「この変態純度の増した黄鶏君には負けるべきじゃなかったー！」

「もう遅《おそ》いです！　勝った！　これで新しく十二人の多摩湖さんを手にしたぞ！」

「黄鶏君の中には何人の私がいるのだろう」

「やっほー、ぉいい！」

　椅子《いす》の背もたれがないことを失念した背伸《せの》びで、どてーんと背中から床《ゆか》に倒《たお》れる。倒れる途《と》中《ちゅう》、腰《こし》に椅子が弾《はじ》き飛ばされて一緒《いっしょ》に転がった。衝撃《しょうげき》が首の後ろや肩胛骨《けんこうこつ》を中心に息苦しくなるほど浸透《しんとう》してくる。それが終わるまで歯を食いしばって、圧迫感《あっぱくかん》が散った頃《ころ》に大きく息を吐《は》いた。急な呼吸を数回繰《く》り返したから噎《む》せて、喉《のど》の痛みに呼応するように涙《なみだ》が勝手に滲《にじ》んだ。

　顔の側《そば》には芋掘《いもほ》り中の多摩湖さんの写真が添《そ》えられて、その全《すべ》てがどこか愛《いと》おしくなる。

「黄鶏君、だいじょぶー？」

「天井《てんじょう》にも多摩湖《たまこ》さんの笑顔《えがお》が焼きついてるからへーきですー」

「末期じゃーん」

間延びした返事の後、多摩湖さんの疲弊《ひへい》混じりの笑い声が聞こえてくる。それから「ぐてー」と多摩湖さんの机に突《つ》っ伏《ぷ》す潰《つぶ》れた声。それを耳にしながら俺は大きな山を乗り越《こ》えた直後みたいに、達成感と安らぎの檻《おり》に包まれて目を閉じた。

あー、いーきぶんだー。久しぶりのカードゲーム研究会の活動は、ふわふわと充実でした。


「いいですか、差しますよー」

「うぃー……うぉあー」

赤い目薬が数滴《てき》投下されて、その刺激《しげき》に多摩湖さんが呻《うめ》く。歳並《としなら》べが終了《しゅうりょう》した後、酷使《こくし》した眼球と視神経を労《いたわ》るために、お互《たが》いに目薬を投与《とうよ》していた。俺の両目は既《すで》に投薬が終わって、視界を滲《にじ》ませている。ちなみに投薬の前に、多摩湖さんに『目玉舐《な》めてください』とお願いしたら二つ返事でやってくれたのは、ここだけのお話。その刺激《しげき》に心が洗われるようでした。

「はいもう一個の目にも」

「がー、染《し》みるー」

両目に目薬を垂《た》らされた多摩湖さんが顔を手のひらで覆《おお》って、バタバタと床《ゆか》を踏《ふ》む。スカートの端《はし》がパタパタと捲《めく》れて、魅惑《みわく》の生足《なまあし》が……彼氏としてはこの場合、じゅるりとじゅるっ、どっちが適切な反応なんだろう。どちらも不正解というのはあまり考えられないな。

目薬のキャップを捻《ひね》ってから、多摩湖さんの回復を待つ。その間にも目線は時折、机の上に広げたままの十二枚に向いてしまう。今日は俺だけの収穫《しゅうかく》祭、サンクスギビングだ。

「今日から寝《ね》る前に、多摩湖さんの写真を三十分ぐらい観賞することにします」

「え、まだやってなかったの？　おっくれてるー」

なんか勝ち誇《ほこ》られた。そんな儀式《ぎしき》みたいなこと毎晩やってるの、多摩湖さん……ってあぁでも、脱衣《だつい》ポーカーの際にそんな告白も紛《まぎ》れていたような。うーむ、それなら確かに遅《おく》れてるな。

「あーじゃあ俺は写真の多摩湖さんにキスする」

「コラ！　黄鶏《かしわ》君のキスの練習相手はダルマのダル子でしょ！」

「特に六歳《さい》の写真とかにキスの雨が降りそう」

「アウトー！　黄鶏君が別世界にアウトー！」

「多摩湖さんも一緒《いっしょ》に行かない？」

「ない？　じゃないってばー！」

顔を覆《おお》っていた手のひらを除《の》けて、多摩湖さんが叫《さけ》ぶ。それから目尻《めじり》に残った目薬を指で拭《ぬぐ》った多摩湖さんが机に上半身を突っ伏す。重ねた腕《うで》の上に顎《あご》を置いて、窓の方を見た。釣《つ》られるようにして、俺も窓側《がわ》を向いて、その眩《まぶ》しさに目をしかめる。

窓から差しこむ黄色い光と、だいぶ遠退《とおの》いた暑さ。金属バットとボールのお見合いも終わって、代わりにえいさっえいさっとグラウンドをランニングするかけ声が聞こえてくる。雲一つない青空は多摩湖《たまこ》さんの藍《あい》色の髪《かみ》より少しだけ明るく、そして滲《にじ》んでいた。

「目、鍛《きた》えられましたかね。すっごく疲《つか》れたけど」

直射日光を取りこんだことで溢《あふ》れた涙《なみだ》と目薬の混合物を拭《ぬぐ》いながら、多摩湖さんに話を振《ふ》る。多摩湖さんは首だけを億劫《おっくう》そうに動かして、俺を見つめる。ジーッとジト目で。早速《さっそく》、鍛えた眼球を試《ため》しているのかな。見つめあってしばらくすると、多摩湖さんが溜息《ためいき》を吐《つ》いた。

「黄鶏《かしわ》君の様子からするに効果ないみたい」

「ええ？　えーと……なんで不機嫌《ふきげん》なんですか？」

結局、ゲームを始める前にあった疑問は解消されなかったので直接質問してみる。唇《くちびる》を子供みたいに尖《とが》らせた多摩湖さんが、目を横に逸《そ》らす。拗《す》ねたような態度だった。

「歳並《としなら》べで磨《みが》いたのは鼻息の荒《あら》さだけね」

多摩湖さんも俺の写真を相手に息が荒かったじゃないか。……むむむ、また昔の俺に嫉妬《しっと》。

「髪」

「はい？」

多摩湖さんが自分の前髪の端《はし》を摘《つま》んで、くるくると指の関節に巻きつける。

「先週から私の髪が少し短くなってたのに、黄鶏君がちーっとも気づかないから」

「……あ」そういうことか、とそこで全部に合点《がてん》がいく。

つまり髪型をほんの少し変えたから、それに気づいて欲しかったと。だから歳並べで観察力を鍛える……って随分《ずいぶん》と遠回りだな。卵が食べたいからヒヨコを育てようぐらい遠い。

それはともかく、多摩湖さんはご立腹な様子。手遅《ておく》れな気もするが、なんとかフォローしないと。髪。うーん、髪。短くなっているらしいけど、そういう認識《にんしき》のもとに観察しても、ほとんど変化が分からない。歳並べの効果がなかったのは本当みたいだ。

「あ、いや、気づいてたよ。多分、言わなかっただけで」

「多分ってつけたせいで信憑性《しんぴょうせい》ゼロなんですけど」

「ほんとほんと」

「二回続けて言うから胡散臭《うさんくさ》い」

どう言っても信用されていないみたいだ。やさぐれ多摩湖さんが自分の鞄《かばん》からお茶のペットボトルを取りだして、ぐびぐびと喉《のど》に流しこむ。飲み終えた後も、ペットボトルを下唇にくっつけてこっちを非難するようにジーッと見つめてくる。頬《ほお》を掻《か》いて、えははと気まずい笑い。

「あ、そうだ。ちょっといいですか」

断りを入れつつ、多摩湖さんに近寄る。多摩湖さんは無言で俺の挙動を目で追う。俺は多摩湖さんの短くしたという前髪を手に取り、顔を近づけた。……ふむふむ。

「もう、なによー」

「多摩湖《たまこ》さん、シャンプー変えましたね」

がたっ、と多摩湖さんが椅子《いす》からずり落ちそうになる。驚愕《きようがく》の目で俺を見上げた。

「な、なんで分かったの？」

「髪《かみ》の香《かお》りをちょっと嗅《か》げば楽勝でさぁ」

イエーイ、と親指を立てる。多摩湖さんの反応は「ぎゃわーう！」でした。

「変化に気づいたー、やったー」

「やったじゃねーよ！　黄鶏《かしわ》君としてはやっちゃったーだよ普通《ふつう》！」

「目はアレだけど鼻はなかなかでしょ」

「私からすれば鼻もアレだよ！」

それから暫《しばら》く、多摩湖さんは真っ赤な顔のまま無言だった。ご立腹は直らないようで口もとが曲がって、むーっと強く目を瞑《つぶ》っていた。今、再び髪の匂《にお》いを嗅ごうとしたら髪の毛の先端《せんたん》で目を突《つ》かれるだろう。ということで、多摩湖さんが話しかけてくるまで暫《しば》し待った。

とはいっても多摩湖さんのねじれた唇《くちびる》が開かれるまで、そう時間はかからなかった。

「なんかこう、色々ちゃんと反省した？」

「しました。だから俺、これから毎日多摩湖さんレポート書きますよ。変わったことか逐一《ちくいち》気づいて書きこんで、提出する。これでどうッスか？」

むむ、と多摩湖さんの拗《す》ねた態度が若干緩和《じやつかんかんわ》される。こめかみに指の先を添《そ》えて、むーむーと唸《うな》る。横目は遠く、なにかを深く考えこむようだった。今の提案に悩《なや》むことなんかあったか？

「黄鶏君が書くレポート……なーんか、脇《わき》とか一部分について熱く語ってそうな予感がする」

「いやぁ多摩湖さんの魅力《みりょく》は脇だけじゃないですよ」

「脇だけと断定されたらさすがにへこむってば」

「そうそう、そんなオールフォーワンはあり得ません。というわけでレポートを詳細《しょうさい》に書き上げたいので取《と》り敢《あ》えず今日の多摩湖さんスメル、具体的には脇腹を嗅がせてください」

「きゃっかー！　うん君はしっかり反省したようだねはいレポートお終《しま》いー！」

机をひっくり返すような仕草つきで却下《きゃっか》された。「えーい鼻の穴膨《ふく》らませて近寄るでない！」と手で追い払《はら》われる。……露骨《ろこつ》すぎたか。学術的とか頭に理由をくっつけておくべきだったかも知れない。それともスメルという部分を多摩湖さん成分と表現するべきだったかな。

反省することしきり。それに、多摩湖さんが拗ねていた髪の変化とか、そういった部分に気づけなかったことも内心、猛省《もうせい》していた。

朝のニュースより、授業中の黒板より、他《ほか》のカップルの痴話《ちわ》ゲンカより、多摩湖さんを中心に見据《す》えて生活すべきなのだ。それが俺、多摩湖さんに黄鶏君と呼ばれる男の価値観のはずだ。遵守《じゅんしゅ》出来ず、そこはまだまだ甘いなと反省してしまう。

写真の中、過去の自分にヤキモチ焼くような男だぞ、俺は。そんな人間が彼女の些細《ささい》であっても変化に気づけないのはマヌケの一言に尽《つ》きる。よし、今日からもっと頑張《がんば》ろう。

そういう奮起を促《うなが》してくれたのだから歳並《としなら》べも無駄《むだ》ではなかった。

鞄《かばん》に多摩湖《たまこ》さんの写真をしまいながら、交替《こうたい》に携帯《けいたい》電話を取りだす。多摩湖さんとお揃《そろ》いの陽気なアメリカネズミが、ストラップとして揺《ゆ》れる。それを目線の高さまで掲《かか》げた。

「多摩湖さん」

「なぁに?」ペットボトルから口を離《はな》して多摩湖さんが俺を一瞥《いちべつ》する。

「写真撮《と》りません? 俺と多摩湖さんだけが収まってる写真」

その提案に一度、多摩湖さんが目を丸くする。だけどそれも一瞬《いっしゅん》で、直後には日差しの激しさを受け流すような、淡《あわ》い微笑《びしょう》を口端《こうたん》に浮かべた。ペットボトルのキャップを閉めてから多摩湖さんが立ち上がる。こちらへ歩み寄って、水平にピースマークを作った。

どうやら、機嫌《きげん》も直してくれたらしい。

「いいね、君との写真をこれからいっぱい増やしていこうよ」

「ですね。でも多摩湖さんの写真がいっぱいだと、どれにキスすればいいか悩《なや》んじゃうなぁ」

「だーかーらー、しちゃダメ。写真はね、見て思い出して妄想《もうそう》してニヤニヤするものなの。思い出には手垢《てあか》じゃなくて、埃《ほこり》だけ付着させるのが正しい保存方法よ」

多摩湖先生の思い出講座に「おーなるほど」と相づちを打つ。さすがカップル学校の主催《しゅさい》者。

「じゃあこれからはキスしたら埃がくっつく練習しないとなー」

「最近の黄鶏《かしわ》君は人の言葉を側転しながら受け入れてるよ!」

「さて横に並んでと。あ、撮った写真は多摩湖さんのケータイに送るから」

「ていうか私のケータイでも撮ればいいだけじゃない」

「そっか。などと話している隙《すき》に多摩湖さんの肩《かた》を抱《だ》き寄せてみる」

「うわ、チキンと評判の黄鶏君が今日は大胆《だいたん》です」

「いやそれ単なるあだ名だし。それに口にしながらじゃないとできない程度に恥《は》ずかしい」

「こっちも黄鶏君の手のひらの体温が伝わってきて、なんか緊張《きんちょう》。肩こりそう」

「そろそろ俺たちも少しぐらい、バカップルっぽさに慣れてみるべきじゃないかなと」

「バカップルかぁ、ちょっと憧《あこが》れちゃうね」

「ですよね、俺たちもいつかなれるかなぁ」

「バカップルになったら背中抱き抱きとか唇《くちびる》にキチュキチュが氾濫《はんらん》するのかな？　やーん」

「眼球舐《な》め舐めとかお腹《なか》キスなんか比べものにならないハレンチさですねー」

「ほんとほんと」

「うわー二回続けると説得力ゼロだー」

「え、なにか言った？」

「いーえー。それじゃあ思い出セーブしますよー、よっと、」

「ピース！」

ぱしゃり。

とまぁこんな感じで締《し》めて、本日のカードゲーム研究会はお開きとなった。
その後の放課後は多摩湖《たまこ》さんとラブを探しに行っただけなので、割愛《かつあい》。

『たまこいこい』

なんでカードゲームなんですか。

入会(年会費、入会費ゼロ。ただし活動費は自主負担《ふたん》)してしばらく経《た》ってからふと尋《たず》ねたことがある。それまで一度も会の活動内容に疑問を持たなかった俺は、どれだけ多摩湖《たまこ》さんに色惚《いろぼ》けていたんだろう。ある意味、愛情の証明になるので控《ひか》えめに胸を張っておく。

そのときは確か放課後に、二人で普通《ふつう》のトランプ遊びに興じていた。ポーカーだったかな。机の脇《わき》には緑茶のペットボトルがあって、蒸《む》し暑《あつ》い時期だったと思う。多摩湖さんはカードを二枚捨てながら、俺の質問に微睡《まどろ》むような笑顔《えがお》で答えた。

『さぁな、そこんとこだが、私にもよく分からん……というのはまぁ冗談《じょうだん》ね』

『はぁ』

『楽しいじゃん、カードゲーム』

中央の山札から二枚貰《もら》っていく。そのカードを確かめた多摩湖さんが分かりやすくにやつく。

『理由ってそれだけですか?』

『足りない? じゃあねー、実は交通事故に遭《あ》ったときに偶然《ぐうぜん》持っていたトランプが衝撃《しょうげき》を防いでくれて助かって、しかも高校に入ってすぐ、憧《あこが》れの男子生徒にカードゲームは好きですかって勧誘《かんゆう》されて三軍に落とされた私は血の滲《にじ》むカード捌《さば》きで一軍へ上り詰《つ》めていって、えーと』

『いやもういいから。名作スポーツ漫画《まんが》を混ぜすぎです』

後、憧れの男子生徒とか、こうモヤモヤッとくる内容に心臓が痛んだ。

『あ、冗談抜きに一個あった』

『はい？』

まるで棚《たな》の奥のお菓子《かし》が一つ残っていた、みたいな言い方だった。自分の記憶《きおく》なのに。

『中学の修学旅行さ、私不参加だったんだよね。前日に眠《ねむ》れなくて徹夜《てつや》でワクワクしてたら、熱が出ちゃって。四十度超《こ》えちゃってさー、行けなかったの。泊《と》まる旅館でみんなとカードゲームとか猥談《わいだん》するはずだったのにー、みたいな後悔《こうかい》が動機、かも』

『へぇ、不参加だったんですか』

本当にいるんだなぁ、そういう人。ま、体調不良を押して来たやつとかいたけどさ。

『あの頃《ころ》から旅とカードゲームにはまりだしたし。熱で脳が変形したのかもねー』

あははー。さぁコールだ、と多摩湖さんがカードの開示を要求してくる。なにも賭《か》けていないからドロップする意味がないので、俺は手もとのカードを多摩湖さんに向けて倒《たお》した。

『ツーペアです』

『ふふふ、会心のストレート』

当時から色々と負けっ放しだった。だけどそれが、心地《ここち》よかった。

へんたいKとへんたいTがあらわれた！

へんたいKとへんたいTはいちゃつきたそうにみつめあっている！

かってにしろ！

「……みたいに見えてる気がしてならないです、最近の俺たちって」

「さぁーどうだろうねー」

当事者なのにどうしてそんな不敵な顔で受け答えできるんでしょうか。そんな多摩湖《たまこ》さんはやっぱり最高ス！　と舎弟《しゃてい》気分で隣《となり》を一緒《いっしょ》に歩いて、バス停より五分。降り立った停留所に潮の匂《にお》いを運んできた風と海が左手側《がわ》に一望できる道を歩いていると、これからへの期待に肌《はだ》がチリチリと落ち着かない。アスファルトを踏《ふ》む靴《くつ》の裏にもノイズめいた、砂粒《すなつぶ》の感触《かんしょく》が混じる。

「さすがにもう海水浴してる人はいないねぇ」

背伸《せの》びしながら額に手を当てて、遠くを覗《のぞ》くように砂浜を見下ろした多摩湖さんが言う。

「外はまだ寒くなくても、十月の海の水温はヤバそうですよね」

「うんうん、五月の海を思い出しちゃうよ」

そういえばそんな季節外れに海水浴に来て砂浜を転がっていた人がいましたね。波に揉《も》まれて財布《さいふ》と自転車の鍵《かぎ》をなくして、陸に上がった深海魚ばりに失意に潰《つぶ》れた多摩湖さんが。今回は学習したのか自転車じゃなくて、バスを利用したわけだが。

……そう、俺と多摩湖さんは海にやって来た。なんでって、旅行だからである。十月半ばの土日に地元の海へ、多摩湖さんと旅行中なのである。などと現状を再確認《かくにん》しただけで脳から生《なま》温《ぬる》い汁《しる》がじわりと滲《にじ》む。付きあいだして半年も経《た》っていないけど、俺たちもここまで来たかと感慨《かんがい》で胸がいっぱいだ。潮風に煽《あお》られた鼻の奥がツンと痛んで、左目にだけ涙《なみだ》が滲んだ。

この涙、実は以前の旅行の失敗に対する涙でもあった。いやあのね、キスババ抜《ぬ》きのときに貰《もら》ったチケットで先月、旅行に行ったんだ。まぁ多摩湖さんが乗る電車間《ま》違《ちが》えて旅館にも着けなくて野宿あっはははーだったんだけど、それはもう終わった話だから……うぅ。

今回こそ、有意義な旅行としなければ。

「お、あそこに見えるが私たちの泊《と》まる旅館だずぇ」

建物を指差す多摩湖さんも旅行ということで上機嫌《じょうきげん》なのか、語尾が独特になっている。俺と旅行だから、というより最近は学校をサボって平日に旅に出ることが出来なくなっていたから、そこからの解放感によるものだろう。鞄《かばん》の類《たぐい》は持ち歩かず、一見すると手ぶらでしかない多摩湖さんの動きは軽く、躍動《やくどう》感に溢《あふ》れている。深く、触《ふ》れればどこまでも俺を呑《の》みこみそうな藍《あい》色の髪《かみ》が流水のように宙を舞《ま》うのを、俺はまばたきすることも忘れて目で追った。

化粧《けしょう》気もあまりないのに綻《ほころ》びと無《む》縁《えん》そうな、艶《つや》のある肌。聡明《そうめい》な印象を強く与《あた》える整った目もとに、包容力の化《け》身《しん》した柔《やわ》らかい唇《くちびる》。美しい、美しい、美しい。がおん、がおん、がおんとその三つの衝撃《しょうげき》が頭蓋骨《ずがいこつ》に当たって反響《はんきょう》を生む。そしてその余韻《よいん》として、静かな不安を残す。

時々だけど、この人が俺の彼女であることを疑わしく思ってしまう。正確に言うと、多摩湖《たまこ》さんの彼氏が俺であることが疑問になる。いいのか俺で、と思わなくもない。自慢《じまん》じゃないが俺は十七年生きてきて多摩湖さん以外にモテたことがない。多摩湖さん以外の全女性に言い寄られたところで今の俺は多摩湖さんとしか付きあいたくないから、結果として俺は最高の幸福に恵《めぐ》まれたわけだがそれでも、釣《つ》りあいというものが気になるお年頃《としごろ》なのであった。

「あ、この旅館って裏からすぐ海に行けるみたい。ロケーションいいね」

「だからって飛びこみに行かないでくださいよ」

「なはは」

「また俺が人肌《ひとはだ》で温めなくちゃ！　とか服を脱《ぬ》ぎそうになりますから」

「あのときそんなこと考えてたのかよ」

なんて会話を交《か》わしながら若干《じゃっかん》早足で旅館に向かう。ロケーションなるものは良好かも知れないが、それ以外の点は陰《かげ》りを帯びたような印象の建物だな。活気の『っ』の字だけ残してありますというようにこぢんまりして、遮蔽物《しゃへいぶつ》も多くないのに周辺が陰だらけに感じられた。

その旅館に入ってまず向かったロビーでは、活気に同調するように職務への熱意が感じられない仲居さんに出迎《でむか》えられた。なんか今まで使ってました的な風情《ふぜい》のある爪切《つめき》りが机に転がってるんですけど。俺と多摩湖さんが宿泊《しゅくはく》する部屋の鍵《かぎ》を用意しながら、仲居さんがまるで興味なさそうな顔つきで尋《たず》ねてきた。

「ご姉弟《きょうだい》ですか？」

失礼な。俺と多摩湖さんがカレシカノジョ以外に見えるとは、冗談《じょうだん》キツイ。

「どう見えます？」

多摩湖さんが質問に質問で応《こた》えると、仲居さんは眠《ねむ》たげな目もそのままに、顎《あご》に指を重ねる。

「仲の悪いご姉弟といったところですか」

じっくり見られたら悪化した。もう少しその重たそうな瞼《まぶた》を開いたらいかがだろうか。

「悪いが余分です」と多摩湖さんが憤慨《ふんがい》する。

「ご姉弟も違《ちが》います」と俺も便乗して訂正《ていせい》を求める。

「ではあなたたちは仲ですか？」

「ええ、私たちは仲です」

どんな会話だ、と横で聞いていて呆《あき》れる。こんな人が受付やっていて大丈夫《だいじょうぶ》なのか、この旅館。そんなこと言ったらその人と和《なご》やかに会話している多摩湖さんはどうなんだって話だが。

受け取った鍵に刻印された部屋名と仲居さんの道案内に従って、俺たちの宿泊する部屋へ向かった。廊下《ろうか》も首や鼻が動く度《たび》、潮の匂《にお》いが飛びこんでくる。そのせいか分からないけど、壁《かべ》や天井《てんじょう》の傷《いた》み具合がなかなか酷《ひど》い。触れればボロボロと、潮の欠片《かけら》がこぼれそうだった。

「風情があるね、うんっ。さすが私の選んだ旅館だ」

「なぜ目を瞑《つぶ》ってなにも見ないようにしてから自賛するんですか」

「ま、夏の町内旅行でここへ来たお爺《じい》ちゃんに勧《すす》められただけなんだけどね」

部屋に入るとまず、「どさーっ」と多摩湖《たまこ》さんが畳《たたみ》の中央に滑《すべ》りこんだ。それから仰向《あおむ》けになって、履《は》いているスリッパの裏をパコパコと叩《たた》き合わせる。

「黄鶏《かしわ》君、スリッパ脱《ぬ》がせてー」

「え、なに脱がせるって、えーとよく聞こえなかったから普通《ふつう》に考えて脱ぐに該当《がいとう》する」「あーいいです自分で脱ぎますから」片方のスリッパで踵《かかと》を蹴《け》るようにして、ポイポイと脱ぎ散らかした。

俺がそのスリッパを揃《そろ》えて置き、隣《となり》に自分のスリッパも脱ぐ。裸足《はだし》になった多摩湖さんは仰《あお》向《む》けのまま、背中で畳の上を移動する。足を縮めて床《ゆか》を蹴《け》って、反動で滑る。で、滑った背中が摩擦《まさつ》熱で滾《たぎ》って「ぎぇー」と悶《もだ》える。ばったんばったんと陸に上がった海老《えび》みたいにひとしきり暴れた後、俺の視線に気づいたようにえへへとごまかし笑いを浮かべる。当然、俺は一《いっ》瞬《しゅん》でごまかされた。

「家族以外と一緒《いっしょ》に旅行するなんて、これが初めてかな」

俺もです、と返事したかったが緊張《きんちょう》する舌が上手《うま》く回らなかったので、笑うに留《とど》めた。

というわけで、待望の旅行編が始まるのであった。

また、ちょっとした旅行に行こうかと多摩湖さんが言いだしたのは文化祭が終わって出し物の後片付け中のことだった。俺たちの文化祭における活動は……まぁ新聞部あたりが写真つきで記事にしていたし、開催《かいさい》中も皆様《みなさま》に盛大に笑って頂けたし、もう勘弁《かんべん》してください。

時間は普段《ふだん》の放課後よりずっと遅《おそ》くて、夕暮れと夜の中間ぐらいだっただろうか。苦い記憶《きおく》を拭《ぬぐ》うように訪《おとず》れたそのご褒美《ほうび》が化学反応を引き起こして、俺の脳は変形した。宇宙の帝王《ていおう》が最初に変身した感じ。脳の横から突起《とっき》が生えて幸福指数が瞬間観測で五十三万ですに到達《とうたつ》した。目の端《はし》は綿あめに包まれたように曖昧《あいまい》になって、ぐらぐらと奥の歯が揺《ゆ》れた。こんなトランプを模した着ぐるみの置き場所に困っている場合じゃない。えいやっ。

『あ、コラコラなにトランプ君を放《ほう》ってるの。来年も使うのに』

『そんなことより旅行ですよ、旅に行くについてですよ！』

『おぉ、黄鶏君ホイホイ』

美術準備室の窓際《まどぎわ》に立つ多摩湖さんへ鼻息荒《あら》く迫《せま》る俺を、どうどうと両手が制する。俺はその制止に従って立ち止まるついでに噎《む》せた。激しく息を吐《は》く俺と、それを笑う多摩湖さん。

カードゲーム研究会の部室（会なのに部室？）はいつも通り、俺たち二人きりだった。

『文化祭も終わって落ち着いて、大分涼《すず》しくなったし、ん、旅行の季節かなって』

『えぇ俺は年中旅行シーズンに対応してますから！』

『そうなんだー、頼《たの》もしいぐらい怖《こわ》いね』

ニコニコーッと爽《さわ》やかな笑顔《えがお》で酷《ひど》いことを言われた気がする。でもそのときの俺には皮肉も嫌《いや》みも一切《いっさい》が通じなくて、多摩湖《たまこ》さんの犬になったように従順に頷《うなず》いていた。むしろ飼われたいとか考えて想像して内心、一人で悦《えつ》に浸《ひた》っていたのは俺だけの内緒《ないしょ》なのであった。

そして同時に前回の旅行が悲惨《ひさん》だったことによって一抹《いちまつ》の不安を抱《いだ》いていたのも、秘密。

『それじゃあ今度は多摩湖行く？　ちょっと遠いけど』

『普段《ふだん》見られない多摩湖さんがそこにいるならどこでもいいです！』

『そ、そう？　なんか照れちゃうなぁ、そんな言い方だと』

『だから風呂《ふろ》場でも可です！』

『もったいねー！　乙女《おとめ》的に照れるの早まったー！』

などと絶叫《ぜっきょう》混じりに話し合った結果、『多摩湖に行くのは新婚《しんこん》旅行で』という結論で今回は見送りとなった。新婚て。結婚ですよ、多摩湖さん！　なんか今からこんな約束して、夢にまで見たバカップルみたいじゃないですか！

その日の晩は布団《ふとん》に入ってからも悶々《もんもん》として眠《ねむ》れなかった。だから仕方なくダルマのダル子悶々さんとキスの練習に励《はげ》んで、翌日の日の出を迎《むか》えた。感想は、朝日を浴びたダル子さんの赤さが疲《つか》れ目《め》に染《し》みたとだけ言っておく。

旅行に関して、ウチの両親は特に反対しなかった。既《すで》に二度、三度と旅行に出かけているし、それに子供に無関心なわけじゃないが放任主義な面があって、多摩湖さんとの付きあいに関しては俺に任せているみたいだ。信用されているのか、息子《むすこ》は彼女にロクに手も出せないヘタレであると確信を持たれているのか。まぁ、どちらにしてもここまでは予想通りだった。

問題、と俺が認識《にんしき》していたのは多摩湖さんのご両親の方だった。前回は休日にいきなり多摩湖さんが俺の家の前へやって来て、『旅行行こうぜ!』と連れだしたので挨拶《あいさつ》の暇《ひま》もなかったけど、今回はさすがにそうもいかない。いくら公認の文鎮《ぶんちん》、もとい彼氏であっても外泊《がいはく》は許可が下りるか未知数で、お伺《うかが》いを立てることを想像しただけでストレスから胃が荒《あ》れた。こんなに度胸がからっきしの三級品で将来、娘《むすめ》さんを下さいと口に出来るのだろうか。うう、心配だなぁ……自分が小心なのか脳天気なのか、時々分からなくなる。

文化祭が終わった翌日の放課後に、早速《さっそく》多摩湖さん宅へ連れていかれて旅行の件について話し合うこととなった。なんの仕事に就《つ》いているのか知らないけど既に帰宅していた多摩湖さんの父、つまり俺の将来のお義父《とう》さん曰《いわ》く『ウチの娘はいわゆる不良のレッテルを貼《は》られている云々《うんぬん》』となんだか覚えのある前置きがあってその後に、『いや不良の上に外泊も多いし、てっきりとっくにそんな経験は済ませていると諦《あきら》めていたよ』と淡泊《たんぱく》な調子で語った。猛《もう》反対の雰《ふん》囲気《いき》もなく、拍子《ひょうし》抜《ぬ》けな反応。意気込んで対面したからか、逆に物足りなく感じるほどだった。『失礼なこと言うなボケー』と多摩湖さんが唇《くちびる》を尖《とが》らせて、『意外だねぇ』とお義父さんはしみじみ頷《うなず》き、『多摩湖さんは清純派ですから!』と俺がフォローを入れる。そして隣《となり》で話を聞いていたお義母《かあ》さんが『ハメを外さないように見張っていてね』と俺に頼《たの》んできた。

どうもこのご両親からすれば、愛娘《まなむすめ》より俺の方が信用に足るらしい。

俺より年上で、そして下級生の多摩湖《たまこ》さん。

この人が今までの十九年間をどう生きてきたか、俺はまだ知らないんだなぁと痛感した。そしてこの後、仮に全部を知ったとしても俺は多摩湖さんを全面的に信じるんだろうなぁ、と漠《ばく》然《ぜん》と思ったのであった。


そういった経緯があって今、俺と多摩湖さんは旅館の浴衣《ゆかた》に袖《そで》を通しているわけだ。部屋に用意されていたので取《と》り敢《あ》えず着替《きが》えてみた。あぁ、勿論《もちろん》だけど一緒《いっしょ》には着替えてない。

残念なことに一人は廊下《ろうか》に出て、一人が部屋の中で着替えるという方式を取った。

袖を引っ張って着方を調整し終えた多摩湖さんが肩《かた》に引っかかっていた髪《かみ》をかき上げて、「ふむ」と頷《うなず》く。それから電灯《でんとう》の下に座りこんで腕《うで》を組んだ。先に着替えていた俺は部屋のテーブルの側《そば》で正座して、心臓や脈を騒々《そうぞう》しくしながらその動向を見守っていた。

「なんつーかアレの空気をひしひしと感じるよね、黄鶏《かしわ》君」

俺の顔を横目で窺《うかが》って、どこか挑発《ちょうはつ》的に口もとを緩《ゆる》ませる多摩湖さん。

「ア、アレってなんでしょう」

二人きりの部屋でアレ。アレの気配。男子高校生の脳からはアレにしか想像が行き着かない。でもそんな、燦々《さんさん》と太陽の光が差しこむ昼間から、アレに取り組むとかお天道様が許すのか。

目まぐるしく景色が回る。多分、俺の目が慌《あわ》てふためいて回っているだけだろう。そんな俺を優《やさ》しく受け入れるように微笑《ほほえ》む多摩湖さんが、浴衣のたもとを漁《あさ》りながら提案してきた。

「カードゲームしようぜ！」

「おおおぅ！」

「オットセイの真似《まね》？」

「違《ちが》いますよ！」

放課後↓部室↓カードゲーム。休日↓旅行↓カードゲーム。2＋7と4＋5は同じ答えが導かれるってことですか多摩湖さん！　くそ、顔に照《て》れ隠《かく》しの様子がまるで見受けられない！

本気の提案だ、この人！

「だってこれ、カードゲーム研究会の合宿だし」

そう発言する多摩湖さんの顔に目をこらすと、目もとにうっすら隈《くま》ができている。もしかして今回も徹夜《てつや》してきたのか。また暴走気味なカードゲームを開発してきたというのか。

「じゃーん！」といつの間にたもとに入れていたのか、長方形の小さな箱を取りだして掲《かか》げる。箱はトランプより一回り小さい。他《ほか》のカードを用意してきたのか、それともまた自作か。

「合宿、なのにえぇと、多摩湖さんが浴衣着て胸《むな》もとか緩いのはいいんですか！」

「目ざといっていうかエロざといよ、最近の黄鶏《かしわ》君は！　教育、教育！」

ばんばんと頭を平手で叩《たた》かれた。あ、手を上へ上げる度《たび》に浴衣の奥の脇《わき》が覗《のぞ》ける。さすが俺、彼女公認《こうにん》でエロざとい。どんな逆境でも多摩湖《たまこ》さんの脇に執着《しゅうちゃく》する姿勢を忘れないね。

「今の俺があるのは多摩湖さんの考案したカードゲームのお陰《かげ》なんですけど」

「君がこんな変態さんになるとは予想してなかったの」

じゃあ一体、どうなると予想していたんだろう。「おりゃー」と多摩湖さんが箱を開いて、中身のカードを畳《たたみ》の上にばらまく。パラパラと固めた砂のようにこぼれ落ちるのは、表に数字の印刷されていない、賑《にぎ》やかな絵柄《えがら》と彩色《さいしき》のカードばかりだった。

「今回は和風の旅館に相応《ふさわ》しい情緒《じょうしょ》を醸《かも》す為《ため》、花札にしたわ」

他《ほか》に守るべき情緒があったような気がしてならない。こう、親元を離《はな》れた旅行だしさぁ。

「花札？　……けどこれ、柄が」任○堂のやつよりファンシーになっている。なんだこの鶏《にわとり》。

「ふっふっふ、自作だよん」

今回は一晩の徹夜《てつや》どころじゃなかったぜ、と多摩湖さんが誇《ほこ》らしげに胸を張る。……こういう部分に惜《お》しみない努力を費《つい》やすからこそ多摩湖さんなわけだが、それにしても、うーん。

あ、でもすげぇ、厚紙に色紙を貼《は》ってその上に自作イラストが描《えが》かれている。どれが本来の札に該当《がいとう》するか、一目見ても全然分からないけど。絵も上手《うま》いんだな、この人。これはトサカの茶色い鶏が……小さい手足の生えた卵に追われて逃《に》げ惑《まど》っている。なにをモデルにしたのか

敢《あ》えて問わないけど、そうかぁ、多摩湖《たまこ》さんの中ではこんなイメージなのかぁ。

「いじめっ子的というか、デ〇ズニー的というか」

「ふふふ、どうかねこの努力の結晶《けっしょう》は」

「これの制作期間はいかほどで？」

「三ヶ月ぐらいかかったかな。いや私も多忙《たぼう》でね、先週、やっと最後の札が完成してねぇ。思いの外、札に描《か》く絵を考えるのに時間がかかっちゃってさー」

身振《みぶ》り手振りを交えて創作過程の苦労を訴《うった》えてくる。大変だったのか、そうかー、って、「いやそんな暇《ひま》あるなら、その分俺と会おうよ！……みたいなー」ああ、最後が弱気に。

多摩湖さんは目をぱちくりとさせて、それから「乙女《おとめ》的に照れ」と鼻を指で掻《か》いた。

「でも安心したまえ。君と会う時間を削《けず》ったのではなく、睡眠《すいみん》時間と授業を受ける時間を注いだのだよ！」

「あーまぁ多摩湖さん、授業なんか受けなくても期末試験とか余裕《よゆう》ですもんね」

「三度目の一年生だからね！　各試験問題の傾向《けいこう》もバッチリですの！　あっはっは！」

わははー。……あれ、今年で四年目では？

「さ、そんなどうでもいいことはいいから、ゲームしましょ」

畳の上にばらけた自作花札をかき集めて、ニィーっと唇《くちびる》を吊《つ》り上げる。本当に合宿以外の目的なかったのかー、わーいまたまたぬか喜びー。心臓、無駄《むだ》に生き急がせちゃったぜー。

「でも俺、花札の遊び方ってほとんど知りませんよ。分かるのはカブぐらいかな」

やってることが自宅でも部室でも旅行先でも変わらないな、と思いつつも花札に目を落とす。茶色い鶏《にわとり》が空を飛ぼうと必死に羽ばたいている絵が描《えが》かれている。鶏大活躍《かつやく》だな。

「大丈夫《だいじょうぶ》。この花札で行うゲームは私考案のオリジナルだから初心者大歓迎《かんげい》」

またかい。薄々《うすうす》というかほぼ確実にそうなんだろうな、とは予想していたけど。そして自分の膝《ひざ》に頬杖《ほおづえ》を突《つ》きながら、何気なく手に取った花札の裏面に『①多摩湖さんが』と書かれていることに気づく。「うん？」目をこらしても、その言葉の続きは札に書かれていないみたいだ。他《ほか》の札を取ってみる。『②肘《ひじ》を』となっていた。人物に続いて、部分指定か。

「お、ルール説明の前に裏面に気づくとはやる気満々だね、黄鶏《かしわ》君」

感心感心、と多摩湖さんに褒《ほ》められる。多摩湖さんに札を渡《わた》しながら、小学生の頃《ころ》にこういうので遊んだ覚えがあるなぁ、とゲームの正体を朧《おぼろげ》気に推測《すいそく》して尋《たず》ねてみる。

「これって、いつ、どこで、だれが……とか組み合わせるゲームですか？」

「なんだ、知ってるんじゃない。じゃあ早速《さっそく》始めよっか」

自作花札を重ねて、シャッフルし始める。いやちょっと待って、いつもながら説明省きすぎ。

「あれそれだれこれゲームと花札の関係が分からないんですけど」

「えー、分かりなよー。君はエロざといだけじゃなくて普通《ふつう》に聡《さと》くもあって欲しいよ」

普通じゃあ多摩湖さんの領域に上り詰《つ》めることは不可能に思えますが。

「こいこいのルールは知ってる?」

「はぁ、大体。役は全部覚えてませんけど」

「あ、既存《きそん》の役は関係ないから安心して。私たちが今からやるのは、取った札の裏面を組み合わせて命令を作るゲームだから」

シャッフルを終えて、花札の出来映《できば》えを満足げに確かめてから多摩湖《たまこ》さんがまた口を開く。

「札には①から④まで数字と言葉が割り振《ふ》られているから、取った札でそれを組み合わせて相手への命令を作るの。ただし出来上がった組み合わせに不満があるなら、こいこいを宣言してゲームを続行できる。ここらへんは普通《ふつう》のこいこいと一緒《いっしょ》ね。宣言して先に相手が出来役を作ってあがったら負けっていうのもね」

「なるほど、大体分かりました」

命令ね。多摩湖さんに命令。その言葉の響《ひび》きに、萎《しぼ》みかけていたアレやコレやへの情念が再燃する。命令出来る言葉の種類が多摩湖さんの決めた範囲《はんい》ではあるけど、キスババ抜《ぬ》きのときにあった膝《ひざ》の裏やお腹《なか》、そして脇《わき》といった奇跡《きせき》に期待してしまう。徹夜《てつや》中の多摩湖さんのテンションは常識外れの領域までつい踏《ふ》みこむ大胆《だいたん》さと迂闊《うかつ》さがあるからな。

「ルールを呑《の》みこめたなら、早速《さっそく》一回戦といこうか。あ、そこの座布団《ざぶとん》取って、中央の札置き場に使うから……はいありがと、ようし」

ふふふのふ、と得意げに微笑《ほほえ》みながら花札を配り始める多摩湖さん。唐草《からくさ》模様の座布団の上に八枚、俺と多摩湖さんの手もとにも八枚ずつ札を準備する。札を受け取って、まずはその表に描《えが》かれたイラストを確かめた。多摩湖さんの髪《かみ》と同じ色合いの卵が転がっている。次。茶色い鶏《にわとり》が包丁を持ったお爺《じい》さんに追われている。……イラスト、基本全部卵か鶏かその組み合わせじゃねーか。いわゆるカス札も卵か鶏が描かれている。ただその背景は花札に準じて、桜や菊《きく》の花が描かれていた。これで種類と季節を判別出来るようだ。小さな札に随分《ずいぶん》と芸が細かいな、と力の入れ具合に感心してしまう。

続いて札をひっくり返して裏面の命令ワードを確認《かくにん》する。むしろこちらの把握《はあく》が重要なのだ。右から順に、札に書かれた言葉を目で追う。『②足に』『①多摩湖さんに』『①黄鶏君《かしわ》が』『③抱《だ》っこする』『①多摩湖さんの』『②背中を』『③撫《な》でながら』『②肩《かた》を』。以上、八枚。

足に、抱っこと来たか。希望が湧《わ》く。多摩湖さんの足に口づけすることは俺にとってご褒美《ほうび》だ。足の指先を舐《な》めるのも悪くない、と今年の夏に経験済みである。ドキドキするヨ！

それとどうやら③で完結するものもあれば、④へ続く内容もあったりするみたいだ。俺の手元に④の札はない。枚数の多いカス札ではなく、得点の高い絵札にあったりするのだろうか。

「どうでもいいけどさー、若鶏《わかどり》って言葉あるよね」

自分の手札を確認しながら、多摩湖さんが唐突《とうとつ》にそんな話を振《ふ》ってくる。

「はい？　はあ、若鶏、のもも肉百gみたいなやつですよね」

「でもあれってこの鶏が若くして死んだって言ってるわけだよね」

「……あの、この状況《じょうきょう》とそれはどういう関係が？」

「いや全然関係ないけど、ふと思った。後、黄鶏《かしわ》君はそんな若鶏《わかどり》にならないように」

世間話なのか心配なのか曖昧《あいまい》に締《し》めて、多摩湖《たまこ》さんが「さー、ゲーム開始よ」と手札を扇《おうぎ》状に構える。ただその手札の角度は斜《なな》めになって、裏面のワードを俺に読み取らせないよう配《はい》慮《りょ》してあった。別にバレても支障ないように思えるけど、そこは雰囲気《ふんいき》重視だろう。

「親は私からでいい？」

「いーッスよ。年長者だし」

「君に年上を敬う精神があるとは思わなかったねー。じゃ、いきまーす」

座布団《ざぶとん》の上に置かれた八枚の中で、多摩湖さんが最初に選んだのは茶色い鶏《にわとり》が、包丁を持ったお爺《じい》さんに追われて必死に逃《に》げている絵札だった。多摩湖さんの叩《たた》きつけたカス札の背景が坊主《ぼうず》の山だから八月か。お爺さんの白髪《しらが》には藍《あい》色の卵がぶら下がっている。どうも、鶏と卵が両方描《えが》かれている札が高得点の扱《あつか》いみたいだ。他《ほか》の遊び方でいう二十点に該当《がいとう》する札なんだろう。なるほど、でも良い札を取っていくことが、このゲームを有利に進める定石となるのか？

「どう、この絵。ちなみに包丁のお爺《じい》ちゃんはウチの母方のお祖父ちゃんがモデルね」

「あの、俺、将来はこんな風にお祖父さんに追いかけ回されるんですか？」

「やだなぁ、実在する人物とは一切《いっさい》関係ありませんみたいなアレよ」

今、お祖父ちゃんがモデルって言ったじゃないか！　エアジジイとでも言うつもりか！

余《よ》裕《ゆう》綽《しゃく》々《しゃく》な表情の多摩湖さんが取った札を回収してから、中央の札の山を一枚捲《めく》る。「あ、ラッキー」捲った松の札で、場にあった松の絵札まで回収してしまう。イラストは鶏が猟《りょう》師《し》的な罠《わな》にはまって絶体絶命、のところを藍《あい》色の卵に救出されているという構図だった。

「さっきから鶏が酷《ひど》い扱《あつか》いなんですけど」

「若鶏ちゃんはおいしそうだから仕方ないんじゃないかなー」

理由になっていない納得《なっとく》を押しつけられた。多摩湖さんには俺を苛《いじ》めたい欲望が内在しているのだろうか。もしその表れだとして、それ故《ゆえ》の命令ワード完成ゲームだったら……うわ、ときめいてる。胸が非常に前向きに弾《はず》んでるぞ。なんでそれが誇《ほこ》らしげなんだろう、俺。

「残念、この四枚じゃ命令が作れないね。はい、君の番」

「ウッス」

そうか、一手目の時点で命令が完成するケースもあるわけだ。でもそこで終わるか、続行するかを選べる。俺だったら納得いくまでこいこいを宣言するだろうな。だって多摩湖さんに命令されてもある意味で勝ちなのだから。喜びの歌とかBGMに流れちゃうから。となればこのゲームにおいて俺の敗北はない。そして多摩湖さんは恐《おそ》らく、それにまだ気づいていない。

命令しても、されても。どちらに転んでも俺の至福は満たされる。

「一粒《つぶ》で二度おいしいってこのことだな」

「なにが？」

「いえいえ、こっちの話です」ニヤニヤ。

さて、どの札を取ったものか。中央には六枚の札。めぼしい絵札は多摩湖《たまこ》さんに取られてしまって、残っているのはカス札中心。梅を背景に、鶏《にわとり》が木の枝から落下して羽をばたつかせている札はあるけど生憎《あいにく》と手札に梅がない。仕方なく、菊《きく》のカス札を取ることにした。いやこのゲームの場合、カス札という表現も相応《ふさわ》しくないのか。札の有用性は時と立場によって大きく変動する。①とか③の札が偏《かたよ》って②がないって状況《じょうきょう》もあり得るわけだし。

「菊って何月だっけ？　七月？」

「九月、だったような」

多摩湖さんのカードゲーム研究会にあるまじき質問に答えながら、手の中で札をひっくり返す。取得したカス札のワードは『①多摩湖さんが』『②肩《かた》を』。はだける。舐《な》める。甘噛《あまが》みする。③に来て欲しい俺の希望ワードを幾《いく》つか思い浮かべる。即座《そくざ》にこんな単語が出てくるあたり、多摩湖さんの教育が実を結んでいるといえよう。昔の俺ならどんな言葉を連想したんだろうか。もっと丸くて、世界のどこにもとっかかりが持てないような優《やさ》しい言葉ばかりだったろうな。

手札にある七枚を眺《なが》めても、③として命令を完成させられる札はない。多摩湖さんが肩を抱《だ》っこするという日本語は俺の辞書にない。

「なにしてんの？　一枚捲《めく》らなきゃ」

「あ、そうか」

忘れていた。中央の札を捲る。またもカス札だった。藍《あい》色の卵がふんぞり返る背景には、青色の豆めいたものがくっつく枝が垂《た》れ下がっている。普《ふ》通《つう》の花札より原色に寄っていた。

「なんでしたっけ、これ」

「さぁ。見た感じのまま青豆でいいじゃん」

「じゃあその青豆で、えっと、あった」

場に出ていた絵札を取る。鶏が鼻の下を伸《の》ばして、藍色の卵の取る色香《いろか》溢《あふ》れるポーズを凝《ぎょう》視《し》しているという絵札だ。あながち間《ま》違《ちが》いでもないな。家の台所の冷蔵庫に入っている卵が視界に入るとつい手に取って表面を撫《な》でて、多摩湖さんとの触《ふ》れ合《あ》いを妄想《もうそう》したりもするし。

おっと、これは多摩湖さんに内緒《ないしょ》の日常の一コマだった。だって卵の殻《から》を手で撫でて鼻息が荒《あら》くなるんですなんて、さすがの多摩湖さんでもちょっと引いちゃうかも知れないだろー。でも多摩湖さんだったら袋《ふくろ》に入った鳥肉をつんつん突《つつ》いて俺を苛《いじ》める空想に耽《ふけ》っていても不思議じゃないな。胸肉と聞いて、『黄鶏《かしわ》君の胸、はぁはぁ』とか興奮して……あぁ。

……さて、裏面はと。ふむふむ、『③叩《たた》く』と『①黄鶏君の』を獲得《かくとく》。一応、『③叩く』を使えば命令は成立するな。多摩湖さんが肩を叩く。肩叩きと解釈《かいしゃく》するべきか、肩に『せーけんづき！』と取るべきか、うーむ。どっちもイケル、けどなぁ。

「あれ、もう出来たの？」

「ええまぁ。どうしようかなって」

「えー、つまんないよ。こいこいしなさい」

「多摩湖《たまこ》さんにこ、恋々みたいな感じですね」

「言って恥《は》ずかしいなら、無理に言うなよー」

そう言って手をバタバタと振る多摩湖さんも鼻を中心にさっと赤みが差す。うぁ、可愛《かわい》い。

言った甲斐《かい》があって、さてどうしよう。これが叩《たた》かれるのではなく、揉《も》まれるとかだったら迷わず終了《しゅうりょう》を宣言していた……いや揉まれるがあるのなら別の部位を獲得《かくとく》しようと躍起《やっき》になってこいこいするか。分かる分かる、俺らしい。自分らしさ=変質者らしさってどうだろうね。

「まーでも個性がないと薄《うす》れていくかも知れないしな」

ただでさえ特色のない俺だ。多摩湖さんの目に留《とど》まるように必死にならないと。

「なんのこっちゃ」

「気にしないで。じゃ、こいこいです」

その宣言を受けて多摩湖さんの目が輝《かがや》く。前屈《まえかが》みになっていた身体《からだ》を起こして背筋を伸《の》ばす。

で、伸びたまま前方へ身体が傾《かたむ》く。中央に敷《し》かれた座布団《ざぶとん》を身体が覆《おお》うようになって、手札と置かれた札を見比べている。お気に入りのお菓子《かし》を貰《もら》った子供みたいな反応が微笑《ほほえ》ましい。

ちなみにこいこいっていうのは、取った札で出来役があるのに、より高い役を狙《ねら》ってゲームを続行する宣言のことだ。……はて、どちら様に向けての説明口調なのだろう。いやぁ、時々自分が怖《こわ》いね。

このゲームは普通《ふつう》のこいこいと違《ちが》って、次の相手の番で命令が成立する確率は非常に高い。特定の絵札を揃《そろ》える必要もないからだ。だからこいこいはあまりしない方が勝ちやすいとは思うけど……まぁいいか。ついさっき言ったが、俺は多摩湖さんに命令されても負けを感じない。

「んふふ、ゲーム続行で私の番と。軽く菖蒲《しょうぶ》の札でも取っちゃおうかな」

多摩湖さんが鼻歌演奏中の鶏《にわとり》と菖蒲の描《えが》かれた札に、同じ絵の札を重ねる。前屈《まえかが》みになった瞬間《しゅんかん》、浴衣《ゆかた》の奥に隠《かく》れた胸《むな》もとが隙《すき》だらけになるのではと俺も咄嗟《とっさ》に前傾《ぜんけい》姿勢を取って覗《のぞ》こうとする。けど露《あら》わとなったのは鎖骨《さこつ》までだった。俺はこれでも健全カップルの片割れなので、ここで悔《くや》しがらない、鎖骨で妥協《だきょう》する。鎖骨と肌《はだ》の間に舌這《は》わせてみたいなぁ。

「捲《めく》って、あ、残念」

山から捲られた札の中では、舞《ま》い散る桜の下、学生服を礼儀《れいぎ》正しく着た鶏が直立不動していた。やっと鶏がマトモな出番を与《あた》えられた、と一瞬《いっしゅん》歓喜《かんき》しかけたが人間のように背筋を伸《の》ばして立つ鶏は予想以上にキモかった。しかも普通に腕《うで》生えてるし。ちょっとムキムキでグレートチキンに似ていた。多摩湖さん、筋肉質な俺が好みなのか？　いや存在しねーけど、そんなの。

「でも取った札と、こう組み合わせれば……はい、出来たー！」

多摩湖さんが諸手《もろて》を上げて、弾《はず》んだ声で完成を報告してくる。

「あれ、こいこいは？」

「するかそんなもん！　なははー、勝ち勝ちー！」

手札から選んだ三枚を俺の眼前に晒《さら》してくる。多摩湖《たまこ》さんは勝ち逃《に》げ派なのかー、と思いつつその札を左から確かめて、途中《とちゅう》で目が直射日光を取り入れたように真っ白になった。

「①黄鶏《かしわ》君が、②肩《かた》を、③揉《も》む。さ、しっかり揉みたまえー」

その命令が耳に届いたことで、光の線が脳の中心を綺麗《きれい》に通過した。

パッと花火のように咲いて、そして直後に消灯《しょうとう》する希望の光。

揉む来た！　揉むあった！　多摩湖神（仮）のご助力を信仰《しんこう》せざるを得ない！

「……なに、その両腕《うで》同時のガッツポーズ。なんかの形態模写？」

「いえいえ、最近運動不足だからちょっと二の腕を盛り上げようと」

「最近の君は時々しか意味分かんないよね」

もの凄《すご》く理解を放棄《ほうき》された。俺の祈《いの》りとか願望とか欲望を早期に悟《さと》られるのは問題なので都合がいいかもしれない。でも少し侘《わ》びしい。多摩湖さん以上に俺を理解して欲しい人はいないのだから。

俺に背中を向けた多摩湖さんが髪《かみ》をかき上げて、肩を露出《ろしゅつ》させる。

「むっふっふ、丹念《たんねん》に揉むように」

「勿論《もちろん》です！」

「言っておくけど揉むのであって、くまなく指紋《しもん》つけるのと違《ちが》うからね」

「ははははまさか」

「舐《な》め舐めも命令してないので、とーぜん禁止」

「俺をなんだと思ってるんですかー」

「舐めっこ大好きちゃん」

さもありなん。でも多摩湖さんが良い匂《にお》いしすぎるというのも原因なんですけど。

多摩湖さんの肩に指を置く。新しいピアノの鍵盤《けんばん》にそっと触《ふ》れるような感覚で、自然と緊《きん》張《ちょう》する。まだ誰《だれ》も触れていない、未開拓《かいたく》の土地や雪を踏《ふ》む高揚《こうよう》感も同時に血管を伝う。

「じゃあ、揉ませて頂きます」

「うむ。よきにはからえ……って使い方あってる？」

さぁ。キュッと多摩湖さんの肩を掴《つか》む。恐《おそ》る恐る探《さぐ》るような指使いで、少しずつ多摩湖さんの柔肌《やわはだ》に俺の一部分を沈《しず》めていく。深く、意識も同時に深く沈んでいくように。指先に神経が集《つど》い、布のように広がっていた注意が線に、そして束ねられて点となっていく。

あまり凝《こ》っていない肩だ。その肌の自然に磨《みが》き抜《ぬ》かれた触《さわ》り心地《ごこち》、柔らかさを容易《たやす》く堪能《たんのう》出来てしまう。爪《つめ》が肌を擦《こす》る感触《かんしょく》に思うところがあるのか、多摩湖さんが時折、身を捩《よじ》るのも俺の脇腹《わきばら》をねじ切るような愉悦《ゆえつ》を与《あた》えてくる。

「…………………」

冷静に考えたら多摩湖さんに揉んで貰《もら》うより俺が多摩湖さんを揉む方が百倍ぐらいユートピアだ。となれば、多摩湖さんに揉むの札を上手《うま》く回収して貰って命令を出し続けて貰うか？

いや、多摩湖《たまこ》さんが俺に揉《も》ませる部位は限定されている。肩とか、後はあれば二《に》の腕《うで》、手のひら、足の裏あたりか。魅力《みりょく》的ではあるがどれも揉んだことぐらいある。いやマジで。部室とか多摩湖さんの自室で揉んだことあるから。だから他《ほか》の場所を揉みたい。うーむ、どうする？

「……くん、おーい？」

「……え？　はい、なんですか」

「なんですか、じゃないよ。右手はもちっと首に近いとこをお願いね」

「あ、はいはい」

注文を受けて慌《あわ》てて、揉む位置を修正する。そうして数秒は肩《かた》を揉むことに意識を集《つど》わせて、だけどすぐに今の問題に逆戻《もど》りする。俺の脳が変形して、後ろ側《がわ》へと偏《かたよ》っていく。

多摩湖さんの注意から隠《かく》れるように潜《ひそ》み、そこでひたすら悩《なや》み抜《ぬ》く。

考えろ、考えるんだ！　俺にとって最善の命令を、その方法を！

男子高校生の脳が一番働く瞬間《しゅんかん》は、一番葛藤《かっとう》する瞬間は、女の子関連しかないだろ！　間《ま》違《ちが》ってもエロ関連ではない！　そんな寂《さび》しい人いるのー？　みたいな。ああ、多摩湖さんと付きあう前の俺か。ま、そんなことはどうでもいい、考えろ。思いつかないなら発想を逆転させるんだ、伊達《だて》に逆転裁判やってねーぞ……って、おお、そうか！

「これだぁ！」

「え、なになにどしたの？」

突如《とつじょ》飛び跳《は》ねた背後の男に、多摩湖さんが目を白黒させる。天井《てんじょう》が低ければぶち破っていそうな勢いで突《つ》き上がった俺の身体《からだ》が着地を果たして、多摩湖さんに微笑《ほほえ》みかける。

「カードゲームはやっぱり楽しいですね」

ははは、とか付け足して笑ってみる。多摩湖さんの右の頬《ほお》がひくっと引きつった。

「嫌《いや》な予感がヒシヒシ伝わってきたからそろそろゲームお開きね」

「またまたー」

「うわぁ絶対ぶっ飛んだこと考えてるよ」

そう言いつつも極端《きょくたん》に嫌そうな顔をしたり、げんなりしたりすることはない多摩湖さん。なにを思っているのだろう。自分の考案したゲームに、俺が真剣《しんけん》に取り組んでいることを喜んでいる面もあったりするのかな。

それから十分ほどで肩を揉み終えて、二回戦開始。多摩湖さんが勝ったので親は続行。集めて切った札を俺が配り、ゲームの準備を行う。見覚えのある札が中央に幾《いく》つかばらまかれた。さっき俺の手の中にあった『①黄鶏君《かしわ》が』の松のカス札だ。いや見た目が同じなだけで、裏面のワードは異なるかもしれない……けどイラストが手描《てが》きだから、目をこらせばさっきと同一か判別出来る。……間違いない、同じだ。よし、と笑顔《えがお》の代わりに小さく握《にぎ》り拳《こぶし》を作る。

「では、二回せーん。さぁて今度はもう少し過激な命令作っちゃおうかな」

にしし、と多摩湖さんが意地悪そうに笑う。うしし、とこっちも笑いが漏《も》れそうになったので、脇腹《わきばら》を軽く小突《こづ》いて自制する。俺の閃《ひらめ》きを悟《さと》られてはならないのだ。

「では早速《さっそく》、絵札頂き」

多摩湖《たまこ》さんが桜のカス札で、学生服の鶏《にわとり》を前回同様に持っていく。山札を捲《めく》り、出てきた梅のカス札は中央の場に置かれる。俺はその間、手札の裏面を確かめてその発見に頬《ほお》を緩《ゆる》ませていた。徹夜《てつや》の多摩湖さんは、やっぱり規制が緩い。『②鎖骨《さこつ》を』があるじゃないか。

「俺のターン、と」

柳《やなぎ》の下で鶏《にわとり》が卵を守っている絵札もあったけど、それより先に見覚えのあるカス札を取った。

「カス札取った割にすんごく嬉《うれ》しそうだね」

「俺もカスですからー」

適当に返事しながら捲った札で紅葉《もみじ》のカス札と、紅葉の側《そば》で鹿《しか》せんべいを食べる鶏の絵札を獲得《かくとく》する。それの裏面を眺《なが》めると……ほうほう、これはいい。いい③である。さすが脇《わき》をキングに任命しちゃう徹夜の多摩湖さんだ。今回もちゃんと、俺好みの札を用意してくれている。

後はここで多摩湖さんが命令を作って勝負を決めなければ、いける。多摩湖神にでも祈《いの》ろう。神様っていうのは人の内側《がわ》にいるらしいし。まぁ出身地も昔の人の脳みそだろうしねぇ。

「んじゃ、行くよー」

揉《も》んで一層柔《やわ》らかくなったばかりの肩《かた》をぐるんぐるんと回して、「はりゃ!」と手札の一枚を座布団《ざぶとん》に叩《たた》きつける。揃《そろ》うな、揃うな。もしくはこいこいしてくれ。固唾《かたず》を呑《の》んでジッと、全身が石になったように身動《みじろ》ぎせず見守る。多摩湖さんは得た札を「んー」と確かめて、「いまいち」と苦い顔で評した。中央の山札を捲っても揃う札はなく、場に置かれて終わる。

「ちぇー、①がないじゃん、黄鶏《かしわ》君がさー」

「つまり揃ってないんですね、俺の番ですね？」

「うん、でもなんで急《せ》かすの？」

それに答えず、手札の中にある『②鎖骨《さこつ》を』の札を使って中央の札を取る。そして山札を一枚捲ってから、取った札の裏面も確認《かくにん》せずに力強く宣言した。

「よし、これで終わります！」

「なにぃ、こいこいしないだって？　男らしくないなー」

「どの口がそれを言いますか」

「女の子は勝《か》ち逃《に》げが基本なのよ、覚えときなさい」

鼻をツンと澄《す》ました多摩湖さんが得意げに語る。なるほど、じゃあここから『勝たせない』。

そうすれば逃げられないというのだから簡単である。

手札に、非常に残念だが揉むはない。またも妥協《だきょう》するしかない、だが次は必ず！

その決意のもとに歯を食いしばり、俺の作成した、命令は。

「①黄鶏君が、②鎖骨を、③舐《な》める……です」

ずずい、と三枚の札を多摩湖さんに突《つ》きだす。将軍様への貢《みつ》ぎ物《もの》みたいに厳《おごそ》かな雰囲気《ふんいき》を損《そこ》なわないよう、肩《かた》に力を入れて送りだした。多摩湖《たまこ》さんは、聞き間違《まちが》えたかな？　というとぼけた表情で耳の穴をぐりぐりと弄《いじ》る。それから俺の目を覗《のぞ》きこんでマジだと悟《さと》り、慌《あわ》てた。

「なんで自分に命令してるの！」

「だって、自分に命令出来ないというルールはありませんでしたよ？」

ギャンブル漫画《まんが》で、ルールの盲点《もうてん》を突《つ》いて反撃《はんげき》開始した主人公ばりに不敵に笑う。それを受けて多摩湖さんが「いやいやいや！」と首を横にぶんぶん振《ふ》るが、勢いだけで蹴《け》散らす。

「こうでもしないと、俺が多摩湖さんに大それたことが出来ない！」

「いや結構してるよね！　今まで結構大胆《だいたん》にしてきたよね！」

「問答無用！　命令は絶対ですから、多摩湖さん！」

とか言いつつ多摩湖さんに飛びかかる。仰《の》け反《ぞ》って回避《かいひ》しようとする多摩湖さんの背中側《がわ》に回りこんで、羽交《はが》い締《じ》めにする。「ぬきゃ！」珍妙《ちんみょう》な声をあげる多摩湖さんに構わず、そのほっそりとした鎖骨《さこつ》に唇《くちびる》を添《そ》えた。「黄鶏《かしわ》君の息が、くすぐ、くすぐったい、ってあひ！」舌先をちろちろと骨に沿って往復させると多摩湖さんの奇声《きせい》がご褒美《ほうび》だった。日本語が崩壊《ほうかい》しつつあるが、それは舌から感じる多摩湖さんの骨の形に脳が準じようとするせいだった。今まで舐《な》めてきた、もとい触《ふ》れてきた多摩湖さんの絹織物のような肌《はだ》と異なり、明確に硬《かた》い骨の感触《かんしょく》。多摩湖さんの骨、内面、内側《がわ》。多摩湖さんを構成するもの。それに皮を挟《はさ》んで触れている、自分の舌が異様に熱い。その熱が喉《のど》を通り頭のてっぺんを強く焼いていく。ごうごうと洪水《こうずい》めいた耳鳴りが断続的に続いて、目玉の下側にモザイクがかかったように曖昧《あいまい》になっていく。「ひ、ひゅい！ 助けてー！ この旅館にはエロ吸血鬼《きゅうけつき》がいますー！」ドスンドスンと踵《かかと》を畳《たたみ》に打ちつけながら、多摩湖さんが旅館の不具合を叫《さけ》ぶ。ふぅむ、吸血ねぇ。こういうの？「ぎゃお！ こ、こらなに噛《か》んでるの！ 噛み噛み禁止、舐めるだけ！ なーめーるーだーけー！」「うぇー、だっふぇたふぁふぉさふふぁひほほとをふーふぇふひふあってひふふぁら」「何言ってるかまるっとすっきり全部わかんねーよ！」「りふふぇふとにおふぉふぉふぇひようと」「喋《しゃべ》るな噛むな舐めるなー！ うひぃーー！ 黄鶏《かしわ》君の体温が背中に、って心臓はやっ！ めっちゃ鼓動《こどう》速い！」いや、心臓だけじゃなくて全身どくどく。あらゆる部位が、どくどく鼓動している。血の塊《かたまり》が幾《いく》つも破裂《はれつ》するように。「終わり、おーわーりー！ このままだと君が早死にする！」

「べー」

「人の首を舐めながら横着にえーって言うんじゃないの！」

多摩湖さんが回転して俺をはね除《の》けながら、距離《きょり》を空ける。そして脊髄《せきずい》反射のように、俺が舐め回した鎖骨を手のひらで覆《おお》う。でもそこで多摩湖さんの動きが止まった。「あーうー」と目が左右に泳いで、なにかに葛藤《かっとう》しているようだった。

「どうしました？」

「いやごしごしとふ、拭《ふ》くのもねぇ。黄鶏君のだし」

「で、ですよねー。わーい」

「それはともかく！」

だん、と強く踏《ふ》み込んでから人差し指を突《つ》きつけてくる。頬《ほお》にざくっと指先がめりこんだ。

「最近の君の行動はね、ちせーが足りん！」

「えーでも知性って物事を正しく判断できる能力のことらしいですよ」

偉《えら》い人が言っていたから多分合っているだろう。とても難しいことだとも言っていたが。

「ということで俺にとって正しいので問題ないと思います！」

「主観的に正しいことならみんな選んでるよ！　ま、もう負けないからいいんだけどね！」

多摩湖《たまこ》さんが乱暴に座り直す。浴衣《ゆかた》の微妙《びみょう》なはだけ具合を直してから、「がしゃー！」と中央の山札を手の側面で薙《な》ぎ倒《たお》した。それから俺の手もとに残っていた札もむしり取ってかき集めて、札を混ぜ始める。「鎖骨《さこつ》まわりだけ風がスースーするよー」と嘆《なげ》いてるんだかなんだかよく分からないことをぼやきながら、桜色に肌《はだ》が染まった多摩湖さんの目が横に泳ぐ。

俺は舌先に確実に残っている、多摩湖さんの『なにか』を強く、何度も呑《の》みこんだ。

それから気合いを入れるために一度、自分の頬を叩《たた》く。

元からあってなかったようなルールの柵《さく》を跳《と》び越《こ》して、ゲームの可能性は一気に広がった。

ここからが本当のゲームの始まりだ！　……ってなんか毎回、同じこと考えてないか？

「それは君がいつも、突如《とつじょ》として変態な方向に走りだすから！」

ごもっともである。

「うー」

「ううー」

「威嚇行為《いかくこうい》を真似《まね》しないように」

「多摩湖さんこそ、太ももで俺を誘惑《ゆうわく》しないように。真剣《しんけん》なゲーム中にそれは卑怯《ひきょう》です」

「太ももに目がいってる時点でどう考えても真剣じゃねーっての！」

と叫《さけ》びつつささっと浴衣の生地《きじ》で隠《かく》してしまう。なんか、アレだな。浴衣が邪魔《じゃま》くさくなってきた。なんで俺たちは服を着てるんだ？　服なんて所詮《しょせん》、どれも布だぞ、布。纏《まと》うな。

「あーあっついわー」

というわけで脱《ぬ》ぎ脱ぎ。「ちょちょちょ、急にどうしたの！」上半身を遠山《とおやま》の金《きん》さんみたいにはだけさせた俺に、多摩湖さんが狼狽《ろうばい》する。顔がかぁっと紅葉《もみじ》のように色づいた。

「動揺《どうよう》させる作戦？　作戦なの？　私が君萌《きみも》えと知っての振《ふ》る舞《ま》い？」

「いやただ暑いし服邪魔だし多摩湖さんも一緒《いっしょ》にアダムとイブ的に脱ぎませんか」

「ぬ、ぎ、ま、せ、ん！　ほら黄鶏《かしわ》君が親なんだから、早くして！」

赤面気味の多摩湖さんに急《せ》かされる。でもその視線は俺の上半身から離《はな》れない。多摩湖さんに見つめられると胸が高鳴るのはいつものことだけど、なんでだろう。今は普段《ふだん》よりずっと心臓が鼓動《こどう》を速めている。「これは新たな恋の兆《きざ》し？」「順調に危なくなってるだけだと思う」

「鎖骨《さこつ》を舐《な》めるとかそういう変態セレクトせずに、純粋《じゅんすい》にゲームを楽しみなさい」

おぉ、そうか。

「そもそも舐めるとか鎖骨とか書く方が悪いのでは」

「だってさー、意外と命令の言葉なんて思いつかないじゃん。ついめんどくなっちって」

「いやいいんです、揉《も》むがあったから全《すべ》て許されるんです」

「今度は揉むことに目覚めたのかよー……段々触《ふ》れる面積が増えてきた気がする」

まあそりゃ唇《くちびる》や舌よりは手のひらの方が大きいわな。さて、無難なところで……これにしておくか。『①多摩湖《たまこ》さんが』と裏面に書かれた鶏《にわとり》のカス札で、卵の描《えが》かれた雨札を取る。

「そういえば雨って何月の札でしたっけ」何気なくそんな話題を振《ふ》ってみた。

「んー、雨だし六月？」

「……だったかな」

十一月だった気もする。中央の山札を捲《めく》ると、「あ」雨の絵札だった。雨に打たれて、髪《かみ》のようなトサカが禿《は》げることに怯《おび》える鶏一匹《ぴき》。そしてその鶏の胸で雨宿りする卵が一つ。

「残念だったねぇ」

嬉《うれ》しそうに多摩湖さんが言う。「そんなことないッスよ」と強がりながら、前屈《まえかが》みになっていた身体《からだ》を引っこめる。俺の取った札は『①多摩湖さんが』の他《ほか》に『②腰《こし》を』。腰。多摩湖さんの腰、略してタマコシ。近所のスーパーの名前になってしまった。いやいや、多摩湖さんはもっとこう、俗世《ぞくせい》と無縁《むえん》な美貌《びぼう》がだな……「よーし、変態君の暴走を止めるぞ」おや、失敬な意気込み方だこと。浴衣《ゆかた》の袖《そで》を肩《かた》の近くまで捲って、気合いを入れた多摩湖さんが札を座布団《ざぶとん》に叩《たた》きつける。桐《きり》のカス札に、その桐を踏《ふ》んだことでお爺《じい》さん（包丁持っている爺さんと顔が一緒《いっしょ》）に怒《おこ》られている鶏の描かれた絵札が多摩湖さんの手に渡《わた》った。これまで、絵札はほとんどが多摩湖さんの手に渡っているな。通常の花札だったら、多摩湖さんの方がツキはあるようだ。しかし現状、多摩湖さんの鎖骨を舐めた俺の方に場の流れは向いている。不思議な勝負だ。

「一枚捲って――……あ、さっき取った札だね」

包丁ジジイがまた場に現れた。その刃《は》の切っ先がイラストの鶏を通り越《こ》して俺に向けられている。鏡で確かめれば、必死な鶏と今の俺の表情がシンクロしているかも知れない。

「多摩湖さんって、お祖父《じい》さんと仲は良好なんですか？」

「うん、両親どっちのお祖父さんとも仲いいよ」

それがどうしたの？　という様子で首を傾《かし》げてきたのでいえ、と短く言葉を吐《は》いて打ち切った。孫の彼氏って祖父さん的にはどうなんだ、歓迎《かんげい》されるのか？　それともこれか、庭を包丁持って追いかけ回されるのか。

そのお爺さんの絵札が欲しいところだけど、生憎《あいにく》と同種の札は手の中にない。代わりに桜のカス札を二枚、手もとに引き寄せる。本当にカス札ばかり集まるな、今日の俺は。塵《ちり》も積もればなんとやらを実践《じっせん》しろってことかね。中央の札を捲《めく》ると、ボタンのカス札だった。あ、場にもある、頂きと。これでカス札が六枚、手元に集《つど》った。

「黄鶏《かしわ》君ってば、絵札がお気に召《め》さないの？」

まだ人の胸《むな》もとから目を離《はな》していない多摩湖《たまこ》さんが俺の取り札を揶揄《やゆ》してくる。「いやまったく」と同意しながら取った札の裏を目で追うと、①に該当《がいとう》する札ばかりだった。おいおい。

「命令出来た？」

警戒《けいかい》した口ぶりで俺の手を確認《かくにん》してくる。ううんと口を開く前に、結果は分かっていても敢《あ》えて札の順番を入れ替《か》えたりして悪あがきしてみる。そうして札を手で弄《もてあそ》んでいると、中学の頃《ころ》に英単語カードを使って勉強していた記憶《きおく》がふと蘇《よみがえ》った。……多摩湖さんとエロ単語カード、いやいや。

「多摩湖さんが黄鶏君に多摩湖さんの黄鶏君を、とかダメですか？」

「そんな足踏《あしぶ》みして前に進んでない命令は実践《じっせん》出来ません」

「結構良いこと言っている雰囲気《ふんいき》はあるんだけどなぁ」

「多摩湖さんの黄鶏君を……って別に改まって言うことでもないし」

「まあそれもそうですか」

はっはっは、と笑って締《し》めた。出来役のないまま、再び多摩湖さんの番になる。多摩湖さんはまた目を光らせて、「頂き！」と包丁爺《じい》さんを捕獲《ほかく》する。そのまま山札も捲らずに「出来た！」と挙手つきの宣言。こいこいする気はさらっさらないようだった。

「今回の私の命令は、①多摩湖さんが、②唇《くちびる》を、③揉《も》む！」

「あ、俺の作戦をパクった」

「じゃかーしー！　さぁ君、ちこう寄れ！　唇を差しだすのだ！」

なぜか俺の方が命令された。しかも従う俺。

「だって唇を差しだせなんて、そんな大胆《だいたん》な」

もじもじ。

「恋する乙女《おとめ》みたいな動きはやめなさい！　ほら恥《は》ずかしいんだから早く！」

手招きされたので、多摩湖さんの脇《わき》までいそいそと移動して顔を差しだした。「こ、こらあ！　顔出しすぎ！　唇がほっぺに当たるでしょ！」「がじ」「髪《かみ》の毛《け》を嚙《か》むなー！　いいからほら顔少し引いて、はい、じゃあやるよ」多摩湖さんの両手が俺の顔の側面を覆《おお》う。しかし唇を揉むってなんだ？　その疑問に直後に応《こた》えたのが多摩湖さんの両手だった。

「むぎ」俺の唇が指に摘《つま》まれる。それからぐにぐに、と指先で唇全体を命令通りに揉み始めた。

「うーん……」

「いひゃい、いひゃいです。なんでふかこれ」

「予想より顔が面白《おもしろ》くならないなー」

ガッカリされた。顔が崩《くず》れていないと遠回りに言われたわけだし、こっちは喜ぶべきかな。

ああ、それとは関係ないが一回戦の結果と合わせて、一つ分かったことがあるぞ。

どうも爺《じい》さんが鶏《にわとり》を追いかけ回している札が『③揉む』らしいな。一回戦と三回戦で、多摩湖さんの手札で共通しているのはあの一枚だけだ。これからはあのお爺さんを優先して確保していくことにしよう。ジジイ大事に。婆《ばあ》さんに差別だとか抗議《こうぎ》されそうだな。

「ていうか、なにげに多摩湖さんの方が揉むことにご執心《しゅうしん》なような」

「君と違《ちが》って健全な場所ばっかりだからいいの」

ぐにぐに。時折、多摩湖さんの指や爪《つめ》が唇の間に割って入ってくる。つぷ、と唇の中心を押す多摩湖さんの指の感触《かんしょく》。かつっ、と前歯を撥《は》ねる爪の先端《せんたん》。多摩湖さんの熱心な指使いとその口もとを包む肌触《ざわ》りに、心まで摑《つか》まれるようだった。唇の端《はし》を人差し指と薬指が支え、中指が下から揉みしだく。ぐにぐにと遠慮《えんりょ》なかった力加減が次第《しだい》にくにゅくにゅと唇の柔《やわ》らかさに沿うように落ち着き、愛《め》でられているという感覚が一気に強まる。それが、額に集《つど》っていた重圧から解放するように俺の頭部と意識を軽く仕立てて、自由に心の中を泳がせる。

そうなればつい多摩湖さんの指を舐《な》めてしまうのも必然と言えよう。「ひゃわっ!」慌《あわ》てて引っこめようとする手を摑んで、手首まで呑《の》みこむような勢いで指を口に収めた。ほが、と喉《のど》の奥に触《ふ》れる指先にえずきかけたが押さえて、舌をぐるぐると回転させる。

「なにしてんの!　変態スイッチ入れるの禁止!」ポカポカと頭部を叩《たた》いて俺を停止させようとしてくる。だが不良品の俺には緊急《きんきゅう》停止のスイッチなどない。欠陥《けっかん》バンザイ!　そして血

ポカ
ポカ

管も躍動感《やくどう》を急激に増してキリキリと痛む。特に、首周辺。顎《あご》の裏。舌を動かす度《たび》にそれらが引きつって、血の味が奥歯から滲《にじ》む。口だけで身体《からだ》の全《すべ》てを支えているようだった。

「いい加減、黄鶏《かしわ》君の突発《とっぱつ》な変態行為《こうい》にも慣れてきたわー！」

そう多摩湖《たまこ》さんが叫《さけ》んで、俺の額に手刀《てがたな》を振《ふ》り下ろす。手刀が額を打った直後、指先で俺の顔を強く押した。更《さら》に舐《な》められている指で、俺の舌を弾《はじ》いた。その痛みに反射的に身体を引くのを見逃《のが》さず、多摩湖さんも身を引いて口から指を引っこ抜《ぬ》いた。ごろごろ、と後転して壁際《かべぎわ》まで逃《に》げる多摩湖さん。っく、対処が早い！　確かに多摩湖さんも経験が増して成長している！

唾《つば》でべとべとになった指もそのままに多摩湖さんが身構える。蒸気でも噴《ふ》きそうな熟《じゅく》された赤をその顔に携《たずさ》えて、俺たちの決戦が始まろうとしていた。背後の窓から覗《のぞ》ける砂浜を、遠く遠くの海からやってきた大波が覆《おお》い尽《つ》くす。その砂を呑《の》みこむ海水の音が、ここまで届いた。

「あのね、趣旨《しゅし》変わってるから！　変態さんだけあって変えるのお上手、とか褒《ほ》めないよ！」

「さあ早速《さっそく》四回戦行こうかー」「顔が晴れやかすぎる！　う、ううー」「多摩湖ママ、早くして」

「ま、ママって！　ああ親だから、親だからってことね。黄鶏君にそう呼ばれると結婚した後の生活みたいで、ええと、もにょっとくる！」「タママママ！」「小説のタイトルみたいに略さないの！　ええいもう、勝っても負けても私ばっかり敗北感を味わってる気がする、そんなゲームの四回戦！」「次こそは多摩湖さんの骨盤《こつばん》付近を揉《も》めますように！」「流れ星にそんな願《がん》掛《か》けしてる人がいたらみんな、そのまま星がそいつの頭に落ちろって思うよ！　はぁ、でりゃあ！　うぉぉ、黄鶏君が多摩湖さんにて命令が止まった！」「なら俺のターン！　取ってぇ、取ってぇ、また取ってと。出来た！　多摩湖さんの髪《かみ》の毛《け》を腰《こし》に巻く！」「そんな腰に巻くなんて言葉の札作ってないってーの！　命令捏造《ねつぞう》はペナルティ！」「それならやむを得ない、こいこいです！」「やむを得ないってルール尊重する気ゼロじゃん！　え、こいこい？　命令出来てるの？」「多摩湖さんが逆立ちで過呼吸する」「誰《だれ》が得する組み合わせなのそれ！」「そして疲《つか》れた多摩湖さんを俺が介抱《かいほう》するわけです」「まさかじ、人工呼吸でもするつもり？」「いや皮膚《ひふ》呼吸してる場所にキスして酸素注入でもしようかと」「介抱の意味をご存じかしら！」「安楽させる」「黄鶏君の頭も介抱された方がいいと思う！」「はい多摩湖さんの番ですよ。飛ぶ鶏《にわとり》を落とす勢いで俺の喜ぶ命令を作っちゃってください」「鶏は飛べねーでしょ！　今の君はどんな命令しても喜びそうで怖《こわ》いよ！」「多摩湖さんと別れろ系以外なら好き嫌《きら》いなくいけます！」「そんな命令する多摩湖さんは地球上にいません！　せぃ！　はぁ！　鎖骨《さこつ》を肩《かた》を髪を！　なにこれ、③が一枚もない！」「あ、いいなー。お互《たが》いに要《い》らない札をトレードしませんか？」「トレカじゃねーっつーの！　少しはゲームしてる気になりなさい！」「じゃあ逆立ち。多摩湖さん逆立ち！」「なんでそんな逆立ちさせたがるかな！」「逆立ちしたら浴衣《ゆかた》の生地《きじ》が捲《めく》れてですね、多摩湖さんの生足《なまあし》がデーンと天を突《つ》くようにそびえ立つわけですよ！　それを太陽の塔《とう》に匹敵《ひってき》する造形物と認めるのはやぶさかではない！」「君の脳も剝《む》きだ

しになってなんか突き刺《つ》さってない？」「多摩湖《たまこ》さんの六歳《さい》の写真なら脳裏に突き刺《さ》さってい
ますけど」「ていうか逆立ちって！　もっと他《ほか》にいい組み合わせ出来るでしょ！」「自分を知
ってください！　浴衣《ゆかた》姿の多摩湖さんを目の前にした俺に、そんなおいしくない選択《せんたく》があると
思いますか！」「汗《あせ》だくになって高校球児みたいな純真な瞳《ひとみ》でわけ分かんないこと力説しない
の！　君は熱の籠《こ》もる場所がおかしい！」「ていうかまたこの展開かよ！　好きだな言葉の応《おう》
酬《しゅう》！」「今回はこのまま最後まで行くからね！　さーついてこられるかな！」「お供します！
だからさっかだち、さっか出し！」「君ちょっとその脊髄《せきずい》くんを黙《だま》らせるように。で、えー、
本当に逆立ち？」「命令は絶対ですよ！　案ずることはないです、俺も自分に多摩湖さんの生《なま》
足《あし》から一瞬《いっしゅん》たりとも目を離《はな》すなと命じてますから！」「私は君を案じたいよ……逆立ち、出来
るかなあ。久しぶりだからちょっと自信ない」「足持って支えましょうか？」「上から覗《のぞ》きこ
まれるから却下《きゃっか》！　目のない壁《かべ》に支えをお願いする！」「多摩湖さんを覗けるならそんな壁に
だって目が生えそうですけどね！」「いきまーす！」「ズォオォン、ブワァッシュウゥフィイ
イィン」「なんでそんな壮大《そうだい》な効果音つきで浴衣捲《めく》れるんだよ！　まるっきりバカじゃん私！」
「今日最高に輝《かがや》いてますよ！」「どうせ生足がでしょ！」「多摩湖さん鋭《するど》い！」「これって訴《うった》え
たらセクハラ認定《にんてい》されるかな！」「きっと愛情溢《あふ》れるセクハラですねって絶賛されますよ！」
「セクハラの部分はもう否定しないのかよ！　いっせ、の、たりゃー！」「おぉぉぉお、リア
ルナマコさん降臨！」「はい終わり！」「あー、なに倒《たお》れてるんですか！　逆立ちしたの、秒

針動いてないぐらいじゃないですか！」「ごめんねぇ、十八歳を超《こ》えると逆立ち出来る時間が三秒未満になるの」「俺に肩揉《かたも》みさせたときはもっと時間取ってたのに！」「肩揉みと生足晒《さら》しショーを同列に扱《あつか》うでない！」「扱ってませんよ、生足∨肩に決まってます！」「返せー、話の通じる黄鶏《かしわ》君を返せー！　でもある意味尊敬するのは私の下着とかには見向きもしないで本当に足だけ見つめてたよ、この子！」「え、当たり前じゃないですか。下着は多摩湖さんじゃないんですよ」「す、筋金入りの優先順位なのか、ただの足フェチなのか……う、ううーん」「青春っぽいお悩《なや》みを抱《かか》えているようですね」「足フェチと私全体への愛情を見極《きわ》める青春をありがとう！　もういい、五回戦いこう！」「うぉー！」「たぁー！」「きぇー！」「ぎょー！」「なんで急に描写《びょうしゃ》が叫《さけ》び声《ごえ》ばっかりになってるんですか！」「ちょっと飽《あ》きた！　あ、完成わっほい！」「あ、こいこいですね」「お役所風に流すな！　ええと、①黄鶏くんが、②多摩湖さんの、③……こいこい！　やっぱりこいこい！」「え、③は？」「勢いに任せてとんでもない命令作ってたー！」「ダメー！　あがったからこいこいダメー！　恋のストッパーですよ！」「八十年代アイドルの歌のタイトルみたいだよそれ！　と、とにかくこいこい！　こんなこと命令したら黄鶏くんがもっとバカになること請《う》けあい！」「命令を、姫《ひめ》！　はぁはぁ」「後半からして終わってる黄鶏くんをこれ以上終わらせてどーすんのー！」「ぐるっと一周して左の画面から出てくるとか？」「ファミコン世界の住人なのかよ！　そんな真《ま》っ新《さら》黄鶏君に戻《もど》せるなら戻したいよ！　あ、だから命令する！　戻れ黄鶏君！」「いや札で命令作ってないじゃん！」「うるさーい、制作者の特権よ！」「じゃ、じゃあ戻《もど》りますね。もぞもぞ」「うぃ！　こら！　なんで私の浴衣《ゆかた》の中に潜《もぐ》ろうとしてるの！」「鶏《にわとり》が昔に戻ったら卵の中じゃないですか！」「そこまで戻れって言ってないよ！　生まれたてまでだっつーの！　ネイキッド黄鶏《かしわ》君だってば！」「多摩湖《たまこ》さんの、な、中！」「エロイから！　なんかの領域を超《こ》えちゃうエロさだから！　指導！　黄鶏君に教育的指導！」「蹴《け》りだされたー！」「よーし五回戦は無効試合引き分けドロー！　六回戦！」「ジジイ来いジジイ来い手もとにジジイ参上すべし」「お祖父《じい》ちゃんがこっち来ますように孫を選びますように！」「カードオープン！　あ、揉《も》む確定！　きたきたきた！」「おじーちゃーん！」「確定で揉む！」「ちょっとそこの指、気が早いよ！　まだ勝ってないのに架空《かくう》のなにかを揉まない！」「予告ホームランならぬ予告揉み」「格好良くないから！　それと私が先にあがるからムダムダムダァ！」「親が俺であることをお忘れですか！行けジジイ！」「人の祖父《そふ》を投げないように！」「俺も出演してるからいいでしょ！　まず揉む取ったぁ！　後は黄鶏君と腰《こし》を確保すれば全《すべ》てが終わる！」「させないっての！」「あ、山札捲《めく》って取った札の裏面に黄鶏君あった！　ホップステップ！」「飛べねーよ！　鶏が空を舞《ま》えるかぁ！　君はね、私にとってチキンなんだよ黄鶏君！」「殻《から》も破っていない卵に夢を阻《はば》むことは出来ませんよ！」「殻はついていても走るための手足はもう生えてる！」「怖《こわ》いわ！なんの卵だ！」「時の卵的にスペシャルなの！　ほりゃ！　揃《そろ》え、揃え！」「そうはいかない！　多摩湖さんには運があっても流れがない！　勝つ流れがないんです！」「世迷《よま》い言《ごと》を……絵札二枚来た、けど今度は③が偏《かたよ》ってる！」「ほうら！」「地球のみんなに命令、舐《な》めろ！」「腰を舐めるなら俺も妥協《だきょう》しますが！」「事態が悪化することを妥協とは言わない！」「それじゃ、俺の番！　行かせて貰《もら》いますよ！　ジャアアアアンプ！」「滑空《かっくう》してるだけ、落ちているだけ！」「……でもないみたいですよ、ほら腰。腰の札、ちゃあんとあるんですよね。手札の中に」「ヒー！　嘘《うそ》ぉそんなの作ったっけ！」「多摩湖さんの腰を揉む！　来たよこれ！」「悪魔《あくま》の組み合わせが成立したー！」「神も仏もあったもんだ！　信仰心《しんこう》も捨てたもんじゃないな！」「この世に神はいたか死んだかどっちー！」「うぃーん、ががー」「なんか来たー！　メカっぽいのが迫《せま》ってきたー！」「腰発見、腰発見！」「胴長《どうなが》じゃないんだからパッと見れば分かるでしょ！　うひー、なにその指使い！」「ぐーにぐーにーとー！」「人の腰をジャガイモ扱《あつか》いしない、うぐーにーぐーにーされてるー！」「腰、腰骨《ようこつ》！　多摩湖さんの腰骨！」「ど、どこに興奮する要素があるの、それ！　さっぱり分からない！」「鎖骨《さこつ》と来て次は腰骨！　今日は骨祭りだぅっほい！」「君の領域に踏《ふ》みこんだら私はきっと溶《と》ける！　だからちょっと一人で行って！」「頬《ほお》で揉んでもいいですか！」「は？　ってそれ頬ずりじゃん！腰に頬ずりするのやめー！」「大丈夫《だいじょうぶ》、黄鶏君の愛情表現だよ！」「愛情以外のものも露骨《ろこつ》に表現されてるから信用ならなーい！　はいもう終わり、おーわーり！」「本当にこの応酬《おうしゅう》だけで終わったー！　いや終わろうとしているー！」「もーいー！　もう終われー！」「まだ多摩湖さんの身体《からだ》で揉んでいない箇所《かしょ》が十カ所以上あるのに！」「明らかに揉むことと無縁《むえん》の箇所も含《ふく》めてるでしょそれ！　ぎゃー、指をワキワキさせて迫《せま》るなー！」「よく冷えたマッサージいかがッスかー」「マッサージの押し売りは訴《うった》えられても文句言えないってー！」という流れを経て結局は追いかけっこに至る俺たちであった。他《ほか》の触《ふ》れあい方を知らないんじゃないか、と疑ってしまうほど、多摩湖《たまこ》さんはいつだって顔を赤くして逃《に》げ惑《まど》うし、俺は両手を突《つ》きだしながらそれを追いかける。心臓の鼓動《こどう》に合わせて前へと進む両足は、本当はすぐにでも多摩湖さんとの距離《きょり》を詰《つ》められるはずなのに、いつまで経《た》っても俺と多摩湖さんの鬼《おに》ごっこは終わる気配がない。ぐるぐると、器いっぱいに注がれた幸福の水面をかき混ぜるように俺たちは室内を回り続けるのだ。そうして、俺と多摩湖さんは鶏《にわとり》のつがいになる。二匹《ひき》の鶏が、大切に守ってきた卵を孵《かえ》すために懸命《けんめい》に、小さな世界を走り回る。

窓の外には美しい砂浜が広がっている。日差しと向きあうようにその海岸線を眺《なが》めていると、奥歯に砂を噛《か》むような感触《かんしょく》が錯覚《さっかく》として生まれて、つい苦笑いがこぼれた。日を浴びて、肌《はだ》にまとわりつくものを感じる。それを取り払《はら》うように、額を腕《うで》で拭《ぬぐ》った。

「ふぅ、今日も健全な汗《あせ》を流してしまった」

「どこがだよー！」

布団《ふとん》に俯《うつぶ》せに倒《たお》れている多摩湖さんの耳はまだ冷める前のマグマみたいだ。どたんばたんと両手足を動かして暴れるか、もしくは悶《もだ》えている。恥《は》ずかしがる多摩湖さんは可愛《かわい》いなぁ。ふと生きる希望を失ったら多摩湖さんを羞恥心《しゅうちしん》でいっぱいにすれば俺は何度でも復活できる自信がある。まぁそもそも、そんなこと思いつく時点で明らかに生きる希望を失ってないけど。

「なにニヤニヤしてるの！」

寝転《ねころ》んだまま上半身を反《そ》って、ビシッと俺の顔を指差してくる。笑ってるかな、と指で顔に触れて確かめてみる。あ、すっげー笑顔《えがお》。触《さわ》り心地《ごこち》で分かる、最高の笑顔だ。幸せだねぇ。

手のひらには多摩湖さんの腰骨《ようこつ》の感触がまだ息づいている。もう他《ほか》のなにかに触れて、この感覚を上書きしたくない。でも多摩湖さんの手を未《いま》だに握《にぎ》ってないからなぁ、困ったぜ。

「ほわほわ」

「黄鶏《かしわ》君の鼻の穴からハッピー粒子《りゅうし》が出てるー！」

「多摩湖さんにもお裾分《すそわ》け」

「いらんわ！　それに変態ワード探求者なのにそんな爽《さわ》やかに窓際《まどぎわ》に立つんじゃない！」

「探求もなにも、花札を作製したのは多摩湖さんなのですが」

「徹夜《てつや》は魔物《まもの》じゃー！」

またもバタバタ。今の内にもう一組の布団をどこかへ葬《ほうむ》り去ってしまおうかと一瞬《いっしゅん》考えたけど、しかしそんなことはどうでもよくなるほど、今の俺は充足感《じゅうそく》に溢《あふ》れているのだった。

「君のこの数ヶ月における目覚ましい変態促進《そくしん》に、私はついていけなくなったよ……」

「いやぁ、俺としては多摩湖《たまこ》さんへの愛を素直《すなお》に表現しているつもりなんだけどなー」

「原石すぎるからもう少し加工するように、がくり」

そう言い残して多摩湖さんが枕《まくら》に顔を埋《うず》める。布団《ふとん》の上に散らばる藍《あい》色の長髪《ちょうはつ》は、全《すべ》て拾い集めたくなる美しさに満ちていた。波の上に広がる波紋《はもん》めいた光沢《こうたく》と艶《つや》が髪《かみ》の表面を滑《すべ》る。

見下ろしていると目は釘《くぎ》付《づ》けとなり、やがて側《そば》まで近づいて屈《かが》んだ俺がその髪を一束手に取るのも自然な振《ふ》る舞《ま》いといえた。ついでに手のひらで汲《く》んだ水のように広がる髪についばむようなキスを繰《く》り返すのも「つらー！　なーにをしてるか！」急に起き上がってお尻《しり》で後ろへ跳《ちょう》躍《やく》した多摩湖さんが壁際《かべぎわ》まで逃《に》げて、ふーっと猫《ねこ》のように毛を逆立てる。耳はまだ赤い。

「実は、多摩湖さんを無言で三秒見つめると恋心が更新《こうしん》されるという俺ルールがあって」

もっとも俺に限らず、健全で交際が順調なカップルなら誰《だれ》でも持つルールではありますが。バカップルまで行けば、五秒見つめあったら婚姻《こんいん》届を新しく提出し直すレベルらしいぜ。

「そ、それはまぁ、許す！　許そう！」

「おお、多摩湖さん公認《こうにん》ルールになった」

「でも髪にキスする理由になってない！　この前から私の髪に変質的に変態なんですけど！」

「いやぁ、常々お美しいと思っていて赤い実的なものが今弾《はじ》けて」

「うがー！　脇《わき》→胸→髪ってどういう興味の推移《すいい》なのさ！」

「いやその言い方は語弊《ごへい》があります」

「どこが！」

「まるで今の俺が多摩湖さんの脇や胸に興味ないみたいじゃないですか」

「もしかしてアリアリですかー！」

「イエス、イエス、イエス！」

「ぎゃー、Ｅ（エロ）ウイルスに感染した黄鶏君《かしわくん》に襲《おそ》われるー！」

逃げる多摩湖さんを待て待てー、と無邪気《むじゃき》に追いかける俺……という構図になるはずなのに、どうしてか二人とも息が荒《あら》い。しかも海を目の前にしてなぜか、舞台《ぶたい》は室内であった。

海岸でやれよ、と言われてもおかしくない追いかけっこを部屋の中で繰り返す。先に転んだのは俺だった。布団のシーツに足を取られて横転して、派手に畳《たたみ》の上を転がった。

倒《たお》れる際、浴衣《ゆかた》の奥に潜《ひそ》む多摩湖さんの生足《なまあし》を覗《のぞ》こうとして首を強引にねじ曲げた影響《えいきょう》か、首の骨がめじっと密度の高い音を立てた。あうぉぐふくふと首筋を押さえながら左右に転がる。

「わ、大丈夫《だいじょうぶ》？」

「痛め損だぁ、覗けなかった……」

「うん大丈夫そうだね、いつもの変態な黄鶏君だ」

変態呼ばわりが定着してしまった。おかしいな、多摩湖さんへの恋心を少し具体的に表しただけなのに。彼女の一部分を深く愛すると変質的な評価が下されるって、人間は不思議だなぁ。

などと神秘に失敬な過程を経て感動しながら、身体《からだ》を起こす。首筋はまだ痛いし、走り回ったせいで肺が苦しい。二酸化炭素が満杯《まんぱい》で、それを少しでも補おうと口が勝手に呼吸している。暴れて着崩《きくず》れした浴衣《ゆかた》を直しながら、多摩湖《たまこ》さんも同じく息を整える。俺は肩《かた》と息を弾《はず》ませながら、その合間を縫《ぬ》うようにして言葉を紡《つむ》いだ。


「合宿は大成功ですね」

「どこを見てなーにを言っとるんだね君は」

「そういえば、このゲームの名前ってあるんですか？」

「んー？……んー、つけるの忘れてた。あんまり良い名前も思いつかなかったし」

額の汗《あせ》で張りついた前髪《まえがみ》を指で摘《つま》みながら、多摩湖さんが言う。

「なんか良い名前ある？」

「いや、俺にはそういったセンスはないからなぁ」

言いつつも腕組《うでぐ》みして、あるか怪《あや》しい知恵《ちえ》を絞《しぼ》る素振《そぶ》りは見せる。こいこいが基本なわけだから、こいこいなんとかもしくはなんとかこいこいになるのが美しい。こいこい、恋々。多摩湖さんこいこい。たまこいこい。これでいいんじゃないだろうか、俺の心情的に。

「……………」

俺は時々、いや四六時中《しろくじちゅう》考えている気もするな。多摩湖さんをどういった風に好きであるべきなのだろうと考える。多摩湖さんの見た目に惹《ひ》かれたとか、内面が好ましいとかそういう好きになる要素っていうのはまぁ色々ある。一つに限定する必要はないし、むしろ一個しか好きな点を挙げられないなんて彼氏としてどうよ、とか思っちゃったりする。それはいいんだ。

俺が考えるのは、そんな愛すべき要素をどういう風に恋して認めて愛《いと》おしいと思うべきかだ。脇《わき》に恋するだけはダメ、胸を見つめるだけではダメ。だけど全体を見渡《わた》しているだけだと、多摩湖さんの輪郭《りんかく》はぼんやりとしてしまう。適切な立ち位置と焦点《しょうてん》の合わせ方が、なかなか見えてこない。

このカードゲームというのはその愛の形を試行錯誤《しこうさくご》するための実験みたいに思える。いやまあ、多摩湖さんにそういった深い考えがあるなんて、良い意味で思わないけど。あくまで前向きな意味だぞ、うん。多摩湖さんは小難しい理屈《りくつ》なんかなくても生きていける人だからな。楽しいことに飛びついて、飛びつく楽しさがないなら創意工夫して怠惰《たいだ》な時間を盛り立てる。それが行きすぎて留年とかしたけれど、毎日が本当に楽しそうなので、周囲から羨《うらや》まれる。

その多摩湖さんの側《そば》にいるからこそ、俺にとって朝日は眩《まぶ》しいし一緒《いっしょ》に食べる昼ご飯は最高で、夜眠《ねむ》るときも六歳《さい》の水着の写真を見つめるときもダル子さんと日付が変わるまでキスの練習をするときも、明日への希望に満ちている。多摩湖さんあっての毎日なのだ、今は。

結局そんな、まったく関係ないことばかりをぼんやりと思考して、幸せに行き着く。結婚とかお義父《とう》さんお義母《かあ》さん、そんなことを普段《ふだん》から夢想しているけど実際、俺たちはいつまで一緒にいられるだろう。いつまで、一緒にいること以上の幸せが見つからないまま生きていけるだろう。一生、続くだろうか。それとも世界中に溢《あふ》れる出会いと別れのように、俺と多摩湖さんも離《はな》ればなれになって新しい幸せを探すときが訪《おとず》れるのだろうか。俺や多摩湖《たまこ》さんの両親だって、最初に付きあった運命の人同士とかそういうこともないわけだからな。……うぅん。

それに加えて、俺がこのまま学校を卒業しても多摩湖さんはまだ高校にいるわけで、実際そうなったらどうなるんだろう。俺たちこのまま関係変わらないでいられるかな、と不安も募《つの》る。

「…………………………」

それでもあり得ない、と根底で楽観的に否定出来ているから、まだまだ大丈夫《だいじょうぶ》かな。いや、それどころかずっと一緒《いっしょ》にいたい、という気持ちは常にある。きっと、多摩湖さんにも。

それを研《と》ぎ続けて見据《す》え続ければ、愛っていうのは永遠かも知れない。他《ほか》に優先するものを作らなければ、きっと見失わないで生きていられるはずだ。ということで、多摩湖さんラブ。

多摩湖さんラブ！　何ヶ月、何度カードゲームを繰《く》り返しても、言いたいことと主張したいことは結局それだけなのであった。そしてそれに対して希望する返事は、黄鶏《かしわ》君ラブだけだ。

「多摩湖さん」

「うん、なにか良い考え浮かんだ？」

はい。でもそれは今の俺たちには当たり前のことなので敢《あ》えて言うことはありません。

その代わりに。

「せっかく海まで来たんだし、砂浜でも散歩しませんか？」

窓の外を指差しながら誘《さそ》ってみる。多摩湖さんは指の示す方向を目で追いながらも、焦点《しょうてん》が飛んだような目つきとなって一瞬《いっしゅんほう》呆ける。俺の唐突《とうとつ》な提案に面食らっているようだった。だけどそれもすぐに終わる。どう受け取ったかは分からないけど、多摩湖さんの目に光が戻《もど》った。そして「関係ないじゃん」とへらへら、緩《ゆる》く多摩湖さんが笑う。その笑顔《えがお》と向きあっていると、穏《おだ》やかな波に揺《ゆ》られる感じになる。心地《ここち》よい揺さぶりで、ふわふわと心が浮く。

「でもいいよね、海岸を歩くの。海水浴が無理ならそれぐらいやっておきたいよね」

「ですよねー」

愛だの恋だので悩《なや》んでいるぐらいなら相手に向けて、それを叫《さけ》んで主張していた方が精神衛生によろしい。それを潤滑《じゅんかつ》に行うための勢いが欲しいなら、こういうカードゲームもどんどんやっていくべきだ。だから多摩湖さんの徹夜《てつや》は正しい。つまり知性ある徹夜なのだ。

「わっしょいわっしょい」

「うわわわ！　な、なに急に人の脇《わき》に手を入れて持ち上げようとしてるの！」

「多摩湖さんを祭り上げたくなって」

「う、嘘《うそ》だー！　黄鶏君のことだからなんだかんだと理由をつけて私の脇を触《さわ》ろうとしてるだけだー！　私にはそれくらいお見通しだから！」

「そういう不純な動機はなくて、単純に多摩湖さんの脇に触《ふ》れていたいと願う次第《しだい》」

「祭り上げる気持ちの方が不純だったのかよ！」

冴《さ》え渡《わた》る多摩湖さんの突《つ》っこみと手のひら。ばしん、と俺の額を押し返して多摩湖さんが脇の自由を取り戻《もど》した。じんわりと額に、波のように押し寄せる痺《しび》れの中で、それに微笑《ほほえ》む。

この微《かす》かな痺れと痛みが、俺たちの幸せの正体なんだろうなぁ。

旅行は始まったばかりだし、きっとこの後何度も、この幸せと遭遇《そうぐう》することが出来るだろう。

「まったく油断するとすぐこれなんだから、君って子は！」

「多摩湖《たまこ》さんの脇《わき》は隙《すき》がなくて結構苦労するんですけどね」

「……っ、もう。帰ったら早速《さっそく》、新しいカードゲームを考えて黄鶏《かしわ》君を再教育するから！」

「あ、俺も思いついたゲームがあるんですよ。多摩湖さんとエロックジャック」

「名前を聞いただけでこっちの目の前がブラックになるよ！」


この後はカードゲーム研究会の合宿じゃなくて婚前《こんぜん》旅行なので、これにて活動は終了《しゅうりょう》。

本日の多摩湖さんレポートは特に充実《じゅうじつ》しそうだ。ではまた。

エピローグ『多摩湖さんと』

なんてことがあったのが、もう十五年も前だなんて信じられない。

俺はゆっくりと目を開いて、瞼越《まぶたご》しでも感じ続けていた光が溢《あふ》れる青空を見上げる。夢のような回想がゆっくりと解けて曖昧《あいまい》に、どろどろに心の底へ溶《と》けていく。

次に具体的な形になって思いだせるのは、いつになるだろう。歳《とし》を取る度《たび》に俺は背中を押されて前へ進み、楽しかった思い出との距離《きより》を強制される。段々と過去の鮮明《せんめい》さが失われていくのだ。もしかするとこんな風に、当時の彼女が活《い》き活きと動き回るのはこれが最後かも知れない。それが怖《こわ》くもあり、だけど恐《おそ》れること自体が幸せだったことの証明に思えて、俺は笑った。

当時は将来に不安を抱《いだ》くことも少なかった。失うことに怯《おび》えるのではなく、幸福がすぐ側《そば》で息づいていることに安堵《あんど》していた。俺は当時の彼女に夢中だったし、彼女も俺のことが好きであったと信じる。そんなこと確認《かくにん》する必要もないほど、俺たちの距離は近かった。

もし十五年後の俺、つまり今の俺が過去に戻《もど》って現状を伝えたとしても。未来に起きうる出会いと別れを語ったとしても、かつての俺の信用を得ることは出来ないだろう。遠い昔に読んだ藤子《ふじこ》・F・不二雄《ふじお》の短編にそんな話があった気もする。時間は俺たちを分断する。過去の俺は、今の俺とは別人なのだ。別人のタワゴトに耳を傾《かたむ》けるほど、当時の俺は彼女以外に興味が向いていなかった。……おやおや。別人でありながら、手に取るように気持ちは分かるものだ。

彼女との幸せの時間は長く続かなかった。だけどそれが終わったとき、俺は不幸になったのだろうか。いや、それは違《ちが》う。もし過去に戻れるとしたら、それだけは真実として伝えられる。

たとえ別れることが必然であったとしても、恐れず日々の幸福を摑《つか》めと。夢に見るほど、後悔《こうかい》するほど、願い続けるほど、忘れたくないと切に思い、胸を焦《こ》がすほど。君は、幸せになる。

その幸せがなければこの十五年間、君は正しく生きてこなかったとも。

ありがとう、と唇《くちびる》が何度も紡《つむ》ぐ。感謝の念を、後悔の苦味を。

もう隣《となり》にはなく、見えなくなって、だけど世界のどこかで生き続ける貴女《あなた》に。

見上げた青空。麗《うら》らかな春の日差し。穏《おだ》やかに頰《ほお》を撫《な》でて、少し強い風がその熱をさらう。

ふわふわと舞《ま》い上がるような気持ちを柔《やわ》らかく抱《だ》き寄せて、早春の息吹《いぶき》を目一杯《めいっぱい》吸いこむ。

風と樹《き》の歌、それに匂《にお》い。あの頃《ころ》から街の匂いだけは、ずっと変わっていない。

俺が俺であることも、また、変わらない。

飛べない鶏《にわとり》が空を見上げて、だけど今日も羽ばたこうと独《ひと》り笑う。

……ふと、名前を呼ばれた気がした。

耳に突《つ》っこんでいたイヤホンを外して、空耳でないことを確かめて、最後に笑う。

今日は駅前の噴水《ふんすい》広場で、妻と今年五歳《さい》になる子供と待ちあわせだ。妻と子供と一緒《いっしょ》に街の方へ出かけての買い物を約束していた。他愛《たわい》なく、でもなにより守りたいと今の俺が思うもの。

それが少しずつ、こちらへ向かってくる。

ゆっくりと、視界が家族でいっぱいになる。

ああ、幸せだ。ああ、ああ、ああ…………………………「おーい、こっちだよー。ありがとー、ありがとー」

「おぉい黄鶏《かしわ》君、お得意の妄想《もうそう》から生まれた架空《かくう》のだれさんに手を振《ふ》ってるの？」

隣《となり》を歩く多摩湖《たまこ》さんに頬《ほお》を引っ張られて、そこで我に返る。目の焦点《しょうてん》が合って、滲《にじ》んでいた未来の世界が現実へと置き換《か》わっていく。水面に漂《ただよ》っていた濁《にご》りが取り払《はら》われたように。

「……ああ、多摩湖さん」

「うん、そして君は黄鶏君。頭がどこ逝《い》っちゃってたの？」

俺の髪《かみ》を摘《つま》んで弄《いじ》りながら、隣に立つ多摩湖さんが微笑《ほほえ》みかけてくる。

どうも十五年後どころか、意識が飛んでから十五秒ぐらいしか経過していないようだ。

海へ旅行して多摩湖さんの浴衣《ゆかた》を逆立ちで捲《めく》らせる……なんてことがあってから実は二日ぐらいしか経《た》っていなかった。イエーイ、十七歳《さい》の秋。無論、多摩湖さんだって十九歳だ。

いやはや、すっかり妄想に浸《ひた》ってしまいました。ドッキリ成功かな？　え、なんだそれ？

「いやぁ実は回想の予行演習を少々」

まぁあり得ないけど。多摩湖さんのいない未来とか、ねぇ。並行世界中を探してもないね。

「すっげー良い顔だから、思わず携帯《けいたい》電話で写真撮《と》っちゃった」

多摩湖さんが肩《かた》の高さまで掲《かか》げた携帯電話の液晶《えきしょう》に、目の焦点の飛んだ俺がいた。こわっ。こんなやつが憩《いこ》いの噴水《ふんすい》広場の前で立ってたら、架空の妻と子供も逃《に》げるって。

「……イエーイ、多摩湖さんの電話まで独《ひと》り占《じ》めー」

「虚《うつ》ろな目で万歳《ばんざい》してるよー。ていうかいつも君の写真が待ち受け画面に使われてるんだけど」

なーんだ、今更《いまさら》か。俺の携帯電話も多摩湖さんが独占《どくせん》中だし、取り立てることでもなかった。

今日は火曜日、平日の放課後。カードゲーム研究会は活動の場を美術準備室から街へと移して、ぶらぶらと歩いていた。本日の活動内容は映画鑑賞《かんしょう》。先週から賭《か》けポーカーを題材にした映画が上映されているというので、多摩湖さんと一緒《いっしょ》に観《み》ることになった。うーん、それが幸せすぎてその余剰《よじょう》で、架空の美人妻や子供を待つ幻覚《げんかく》を見たのかもしれないな。幸せ怖《こわ》い。

「新しいカードゲームを思いつくヒントになるかもしれないし」

「あれ、俺の提案したエロックジャックは？」

「ん、ケロックコンボがどうかした？」

すっとぼける多摩湖さん可愛《かわい》い。いやそうじゃなくて、俺の会心の提案が幾度《いくど》も流される。

「あ、新しいカードゲーム思いついた！　ようし、早く帰って徹夜《てつや》の準備しなくちゃ！」

唐突《とうとつ》に多摩湖さんが素《す》っ頓狂《とんきょう》な声をあげて反転する。そして、俺の手首を摑《つか》んで駆《か》けだした。

「あの、映画は？」

引っ張られながら、映画館より離《はな》れていくことについて尋《たず》ねてみる。

「映画はフィクション！　徹夜《てつや》はノンフィクション！」

なんだそりゃ！　多摩湖《たまこ》さん特有のメチャクチャな切り返しに、しかし引きずられる。

映画デートを次第《しだい》に諦《あきら》めて、俺も自前の足で地を蹴《け》り、多摩湖さんを追い越《こ》そうと全力疾走《しっそう》。

旅行といい、映画といい、計画通りにはいかないのも、多摩湖さんの醍醐《だいご》味《み》かな。

……とまぁ、まったく順調に交際は続いているわけで。これからも、きっとこのままだろう。

昨日の幸福を今日に持ち越そうとするバカップルが、使い古した幸せに亀裂《きれつ》を入れて別れる。

明日に向かって日々培《つちか》われるものを更新《こうしん》するカップルだけが生き残るのだ。

変化するものが生き残るこの世界の生物のように。

卵を抱《かか》えた鶏《にわとり》はいつまでも、青空の下で羽をばたつかせて、地面を走り続ける。

あとがき

本作の登場人物紹介《しょうかい》、ネタバレ全開編。

黄鶏《かしわ》くん……主人公。変態でお馬鹿《ばか》。

多摩湖《たまこ》さん……ヒロイン。お馬鹿で変態。


あとがきのネタがないからキャラ紹介で埋《う》めようと思ったら、二人しか出てなかった。しかもネタバレすることさえなかった。二百ページ強もなにが書いてあるんだ、この本。

本書はバカップルというかカップルの馬鹿がカードゲームの形を借りていちゃついているだけです。人がバッサバッサと死んだり宇宙人モドキが出てきたりといったドーラマティックな展開もなく、伏線《ふくせん》？　なにそれ？　状態なので、緩《ゆる》い感じでお読み頂ければ幸いというかこれをマジメに読むのは難しい気がしてならない。でも書くのはすっげー楽でした。

そんなしょうもない内容ではありますが、お買い上げ頂きありがとうございました。

少しでも気に入って頂けたら、それ以上の幸いはありません。

『この借りを返すのは来世で！　来世はアラブの石油王ですから！　欧州《おうしゅう》のサッカーチームを

幾つか持っちゃったりして、試合観戦に誘いますから!」などと良い笑顔で語る新宿《しんじゅく》中央公園で職質を受けたことのあるカリスマ編集者さんには今回もお世話になりました。小山《おやま》様、西谷《にしたに》様にもお世話になりましたが、カリスマさんのような夢溢《あふ》れる発言が非常に少ないので、もっと大胆《だいたん》に生きてみてはいかがでしょうか。たとえば、『フクロウは森の賢者《けんじゃ》って呼ばれてるけど、実際は話してみるとそう賢《かしこ》くもなかった』とか「あんたが賢くねーよ！」と突《つ》っこみを待っているとしか思えない父のように。あーはいはいと感謝してます。あーはい母にも。

そしてイラスト担当の左《ひだり》様にも、格別の感謝を。いつもお世話になっています。

ソレデハ、ホンデル。ライゲツモ。ヨロシク。

入間《いるま》人間《ひとま》

小説っぽいもの、その④

ああ、青い小鳥がまた逃《に》げてしまいました。ここから飛び立てば、もう止まる木は見つからないのに。いつか必ず堕落《だらく》し、地面に擦《こす》れて小鳥は死に至るのに、なぜそれを選ぶのでしょう。私にはまったく理解出来ません。歩道に取り残された私は、逃げるように走る男の自殺を嘆《なげ》き悲しみ、浮かない気持ちでいっぱいです。なぜ、人はあんなにも死に急ぐのでしょうか。せめて生き急げばいいのに、と願ってやみません。私がお連れしようとした先生のもとに、今の方も辿《たど》り着ければよいのですが。そうしなければ、永遠に死に急ぐでしょう。

先生は『これからとてつもないことが起こる』と仰《おっしゃ》られていました。その具体的な出来事はご自分にさえお分かりにならない、と先生は悔《くや》しそうでした。あの先生の苦悩《くのう》が、凡百《ぼんぴゃく》の小娘《こむすめ》にすぎない私にさえ計り知れない影響《えいきょう》を与《あた》えたのです。切り揃《そろ》えられた苦悩と悔恨《かいこん》、そこから培《つちか》われる使命感が今の私の中に燃えたぎっています。人を動かすという点において、先生ご自身は『そんなものではありません』と謙遜《けんそん》なされますが『神様』と表現して差し支《つか》えないでしょう。救われる者にとっては救う者こそが神なのです。ですから私もいずれ、先生ほどの大きさがなくとも『小さな神様』となることが出来る、と固く信じています。

それなのに今やって来《き》た私の『上』の人間は「いいか、やりすぎるなよ」などと。目の前の男は一体、なにを言っているのでしょう。人を救う為《ため》の説得にやりすぎなどということはありません。この男はまだ神様ではないのです。私より『上』と皆《みな》の間で評価されているにも拘《かか》わらず、誰《だれ》も救おうとしない。権力欲に取り憑《つ》かれた愚《おろ》か者《もの》たちが、どうして先生のお言葉を理解出来て私たちと同じ場所に集《つど》ったのでしょう。それは先生が偉大《いだい》だから。そうですね、きっと。

「お前はなんというか……熱心すぎる。もう少し落ち着いてだな、話を聞いて貰《もら》う為にだ、」

ああうるさい。口ばかりの男の目から逃《のが》れる為、与えられた管轄《かんかつ》から大きく外れた大通りに向かいました。そもそも人を救う活動に管轄などというものがあること自体、矛盾《むじゅん》しているのです。私と同じ『所属』の女の姿もありましたが、あんな女より私の方がよっぽどたくさんの人を救ってみせます。たくさんの人を救える者が、人の多い場所へおもむく。この自然な選択《せんたく》に気づけないのに、『上』であっても管轄などというものを決めるのがおかしいのです。

『小さな神様』となるまで、時間がどれだけ残っているか分かりません。なにしろ『とてつもないこと』がこれから起こるのですから。それは明日か、それとも今日この日に起きるのか。絶望の覆《おお》うような空の下ではありますが、その空を背景に、世界にはこんなにも青い小鳥が死に急いでいます。今日終わるかも知れない世界で、それでも私は誰かを救いましょう。

人は誰でも死にます。終わりを迎《むか》えます。

そしてよき終わりを与える為に、私たちは活動しているのですから。

ああ、次の青い小鳥が向こう側《がわ》から、死に急いで私を求めてやって来ます。
きっと次こそ次こそ次こそ、私と共に幸せになりましょうね。

◉入間人間著作リスト

「嘘つきみーくんと壊れたまーちゃん　幸せの背景は不幸」（電撃文庫）

「嘘つきみーくんと壊れたまーちゃん2　善意の指針は悪意」(同)
「嘘つきみーくんと壊れたまーちゃん3　死の礎は生」(同)
「嘘つきみーくんと壊れたまーちゃん4　絆の支柱は欲望」(同)
「嘘つきみーくんと壊れたまーちゃん5　欲望の主柱は絆」(同)
「嘘つきみーくんと壊れたまーちゃん6　嘘の価値は真実」(同)
「嘘つきみーくんと壊れたまーちゃん7　死後の影響は生前」(同)
「嘘つきみーくんと壊れたまーちゃん8　日常の価値は非凡」(同)
「嘘つきみーくんと壊れたまーちゃん9　始まりの未来は終わり」(同)
「嘘つきみーくんと壊れたまーちゃんi　記憶の形成は作為」(同)
「電波女と青春男」(同)
「電波女と青春男②」(同)
「電波女と青春男③」(同)
「電波女と青春男④」(同)
「電波女と青春男⑤」(同)
「探偵・花咲太郎は閃かない」(メディアワークス文庫)
「探偵・花咲太郎は覆さない」(同)
「六百六十円の事情」(同)
「僕の小規模な奇跡」(単行本　アスキー・メディアワークス)

本書に対するご意見、ご感想をお寄せください。

■

あて先

〒160-8326 東京都新宿区西新宿4-34-7
アスキー・メディアワークス電撃文庫編集部
「入間人間先生」係
「左先生」係

■

電撃文庫

多摩湖《たまこ》さんと黄鶏《かしわ》くん

入間人間《いるまひとま》

発　行　二〇一〇年七月　十　日　初版発行
二〇一〇年七月二十八日　再版発行

発行者　髙野　潔
発行所　株式会社アスキー・メディアワークス
〒一六〇-八三二六　東京都新宿区西新宿四-三十四-七
電話〇三-六八六六-七三一一（編集）
発売元　株式会社角川グループパブリッシング
〒一〇二-八一七七　東京都千代田区富士見二-十三-三
電話〇三-三二三八-八六〇五（営業）
装丁者　荻窪裕司（META+MANIERA）
印刷・製本　株式会社暁印刷

ISBN978-4-04-868649-5 C0193

電撃文庫創刊に際して

文庫は、我が国にとどまらず、世界の書籍の流れのなかで〝小さな巨人〟としての地位を築いてきた。古今東西の名著を、廉価で手に入りやすい形で提供してきたからこそ、人は文庫を自分の師として、また青春の想い出として、語りついできたのである。

その源を、文化的にはドイツのレクラム文庫に求めるにせよ、規模の上でイギリスのペンギンブックスに求めるにせよ、いま文庫は知識人の層の多様化に従って、ますますその意義を大きくしていると言ってよい。

文庫出版の意味するものは、激動の現代のみならず将来にわたって、大きくなることはあっても、小さくなることはないだろう。

「電撃文庫」は、そのように多様化した対象に応え、歴史に耐えうる作品を収録するのはもちろん、新しい世紀を迎えるにあたって、既成の枠をこえる新鮮で強烈なアイ・オープナーたりたい。

その特異さ故に、この存在は、かつて文庫がはじめて出版世界に登場したときと、同じ戸惑いを読書人に与えるかもしれない。

しかし、〈Changing Times,Changing Publishing〉時代は変わって、出版も変わる。時を重ねるなかで、精神の糧として、心の一隅を占めるものとして、次なる文化の担い手の若者たちに確かな評価を得られると信じて、ここに「電撃文庫」を出版する。

1993年6月10日
角川歴彦

電撃文庫

多摩湖さんと黄鶏くん
入間人間
イラスト／左
ISBN978-4-04-868649-5
年上のおねえさんは好きですか？　俺は大好きです。二ヶ月前から付き合いはじめた大人の女性な多摩湖さんと、エロいゲームを密室プレイする。そんな魅惑の日々なわけですよ。
い-9-16　1974

電波女と青春男
入間人間
イラスト／ブリキ
ISBN978-4-04-867468-3
「地球は狙われている」らしい。同居する布団ぐるぐる電波女・藤和エリオからの引用だ。俺の青春は、そんな感じ。『嘘つきみーくん』の入間人間が贈る待望の新作！
い-9-7　1711

電波女と青春男②
入間人間
イラスト／ブリキ
ISBN978-4-04-867810-0
布団ぐるぐる電波女の藤和エリオが、ついに社会復帰する……のはいいんだが。なぜエリオは俺の傍を離れないんだ？　手伝えって事？　てな感じの第2巻です。よろしく。
い-9-9　1759

電波女と青春男③
入間人間
イラスト／ブリキ
ISBN978-4-04-868138-4
えーと今度はなんなんだろう。電波女エリオの次は、宇宙服を着込んだ謎の少女（たぶん。声色で判断）登場。エリオと過ごす今年の夏は、退屈なんて感じなさそうだな。
い-9-12　1848

電波女と青春男④
入間人間
イラスト／ブリキ
ISBN978-4-04-868395-1
電波女になる前のエリオ、リューシさんと前川さんの淡い初恋、エロ本購入大作戦を決行する俺!?　うー、俺たちの恥ずかしい過去を綴った短編集登場、らしい。
い-9-14　1910

電撃文庫

電波女と青春男⑤
入間人間
イラスト／ブリキ

ISBN978-4-04-868596-2

エリオと一緒に海に来てしまった……。それだけじゃない。リューシさんだって、前川さんだって一緒（女々さんもね一応）!! これは、青春ポイント大ブレイクの予感。

い-9-15　1956

嘘つきみーくんと壊れたまーちゃん 幸せの背景は不幸
入間人間
イラスト／左

ISBN978-4-8402-3879-3

僕は隣に座る御園マユを見た。彼女はクラスメイトで聡明で美人で——誘拐犯だった。今度訊いてみよう。まーちゃん、何であの子達を誘拐したんですか。って。

い-9-1　1439

嘘つきみーくんと壊れたまーちゃん2 善意の指針は悪意
入間人間
イラスト／左

ISBN978-4-8402-3972-1

入院した。僕は殺人未遂という被害で。マユは自分の頭を花瓶で殴るという自傷で。入院先では、患者が一人、行方不明になっていた。また、はじまるのかな。ねえ、まーちゃん。

い-9-2　1480

嘘つきみーくんと壊れたまーちゃん3 死の礎は生
入間人間
イラスト／左

ISBN978-4-8402-4125-0

街では、複数の動物殺害事件が発生していた。マユがダイエットと称して体を刃物で削ぐ行為を阻止したその日。僕は夜道で少女と出会う。うーむ。生きていたとはねえ。にもうと。

い-9-3　1530

嘘つきみーくんと壊れたまーちゃん4 絆の支柱は欲望
入間人間
イラスト／左

ISBN978-4-04-867012-8

閉じこめられた。狂気蔓延る屋敷の中に。早くまーちゃんのところへ戻りたいけど、クローズド・サークルは全滅が華だからなぁ……伏見、なんでついてきたんだよ。

い-9-4　1575

電撃文庫

嘘つきみーくんと壊れたまーちゃん『i』記憶の形成は作為

入間人間
イラスト／左

ISBN978-4-04-867844-5

これは、ぼくがまだ僕になる前の話だ。そして、マユちゃんの純粋むくな姿がめじろおしな内容でもある。うそだけど……今度、じしょでうそって字を調べとこう。

い-9-10　1776

学園キノ

時雨沢恵一
イラスト／黒星紅白

ISBN4-8402-3482-5

「キノの旅」ファンは絶対に読んではいけない！　時雨沢恵一＆黒星紅白による衝撃の問題作!?　素晴らしきエンタテイメントパロディー小説!!

し-8-18　1283

学園キノ②

時雨沢恵一
イラスト／黒星紅白

ISBN978-4-8402-3908-0

幸いにも「キノ」ファンからの苦情もなく、衝撃の問題作第2弾の刊行が実現！　木乃＆エルメス、静先輩、陸太郎がまた学園で大暴れ！　さらにあのキャラが!?

し-8-22　1452

学園キノ③

時雨沢恵一
イラスト／黒星紅白

ISBN978-4-04-867840-7

ファンからのクレームに怯えつつ、でももうココまで来たら、誰も彼（←誰?）を止められない!?　今回は〝え〜っ!?　そんな人を出しちゃうのー!?〟的な第3巻！

し-8-29　1772

学園キノ④

時雨沢恵一
イラスト／黒星紅白

ISBN978-4-04-868644-0

今回はバンドもの！　静先輩ベース。犬山ドラム。木乃がギター＆ボーカル!?　黒星紅白描き下ろし口絵ポスターはいつにも増して超素敵〜な学園キノ第4巻。

し-8-32　1969

電撃文庫

乃木坂春香の秘密

五十嵐雄策
イラスト／しゃあ

ISBN4-8402-2830-2

『白銀の星屑《ニュイ・エトワーレ》』の二つ名を持つ白城学園のアイドル、乃木坂春香。誰にも言えない彼女の秘密とは……!? 第4回「電撃hp」短編小説賞受賞者、デビュー作！

い-8-1 0998

乃木坂春香の秘密②

五十嵐雄策
イラスト／しゃあ

ISBN4-8402-3059-5

白城学園のアイドルにして超お嬢様の乃木坂春香の〝秘密〟を共有している裕人。彼女の秘密を守るため、夏休みでも必死です！ お嬢様のシークレット・ラブコメ第2弾♡

い-8-3 1103

乃木坂春香の秘密③

五十嵐雄策
イラスト／しゃあ

ISBN4-8402-3234-2

ちょっぴり親密になった夏休みも終わり、春香と裕人の学園生活が再開です。学園では超お嬢様・春香の秘密を守るために必死な裕人。そして春香の誕生日に——!?

い-8-5 1183

乃木坂春香の秘密④

五十嵐雄策
イラスト／しゃあ

ISBN4-8402-3447-7

季節は秋、学園祭シーズン到来。春香も楽しみなコスプレ喫茶の出店が決まったものの、実行委員の裕人と椎菜は大忙し。春香と話す機会も少なくなっていき——!?

い-8-7 1274

乃木坂春香の秘密⑤

五十嵐雄策
イラスト／しゃあ

ISBN4-8402-3634-8

12月を迎え、春香がメイドカフェで初めてのアルバイトをすることに。健気に頑張る春香に触発される裕人。そして待ちに待ったクリスマス、裕人の家で——。

い-8-9 1355

電撃文庫

乃木坂春香の秘密⑥
五十嵐雄策
イラスト／しゃあ
ISBN978-4-8402-3880-9

大晦日。一年最後の大イベント、冬コミに参加することになった春香と裕人は、サークルの手伝いをしつつ初めての同人誌を出すことに。そして年越しを迎え――!?

い-8-11　1440

乃木坂春香の秘密⑦
五十嵐雄策
イラスト／しゃあ
ISBN978-4-8402-4115-1

椎菜の誘いで、仲の良いクラスメイト達と三泊四日の温泉旅行に参加することになった裕人と春香。でも、女湯にまで誘われてたワケではないのに、コレは一体!?

い-8-13　1520

乃木坂春香の秘密⑧
五十嵐雄策
イラスト／しゃあ
ISBN978-4-04-867127-9

春香とのドキドキ初デートにメイド的新年会。さらにお嬢様女子中学校へ潜入し、果ては椎菜がケガ！　そんなとんでも第八巻の陰に潜むは茅原という女性で――!?

い-8-14　1614

乃木坂春香の秘密⑨
五十嵐雄策
イラスト／しゃあ
ISBN978-4-04-867419-5

春香に届いたオーディション合格通知。まさか春香がアイドルになるってこと!?　徐々に近づくバレンタイン・デー。その日はまさにオーディション開催日で――。

い-8-16　1689

乃木坂春香の秘密⑩
五十嵐雄策
イラスト／しゃあ
ISBN978-4-04-867841-4

春香と別れて裕人が家に帰ると、なぜか椎菜がコタツで困った笑みを浮かべてて、しかも雪のせいで泊まっていくことに！　聖なるバレンタインはまだ終わらない――!?

い-8-17　1773

電撃文庫

乃木坂春香の秘密⑪

五十嵐雄策
イラスト／しゃあ

ISBN978-4-04-868198-8

3月、最近ちょっと積極的になってきた春香と一緒に行く修学旅行に、さすがの裕人も色々な期待を隠せないのだが……椎菜も密かに行動を開始して——!?

い-8-19 1867

乃木坂春香の秘密⑫

五十嵐雄策
イラスト／しゃあ

ISBN978-4-04-868651-8

修学旅行最後の夜の様々な出来事を経て、いよいよ最終日を迎える裕人たち。そして椎菜がついに自分の気持ちを明らかに……。裕人が気付く自分の心の内とは——!?

い-8-20 1976

しにがみのバラッド。

ハセガワケイスケ
イラスト／七草

ISBN4-8402-2393-9

その白い少女は、鈍色に輝く巨大な鎌を持っていました。少女は、人の命を奪う『死神』であり『変わり者《ディス》』でした——。切なくて、哀しくて、やさしいお話。

は-4-1 0803

しにがみのバラッド。②

ハセガワケイスケ
イラスト／七草

ISBN4-8402-2491-9

その白い少女は、とても笑顔が素敵で、すこしだけ泣き虫な、哀しい『死神』でした。——これは、白い死神モモと、仕え魔ダニエルの、せつなくやさしい物語。

は-4-2 0853

しにがみのバラッド。③

ハセガワケイスケ
イラスト／七草

ISBN4-8402-2575-3

光が咲いて、またひとしずく。闇に堕ちたのは、白い花。白い髪に白い服。やけに目に付く、赫い靴。春風のようにやさしい死神は、そんな姿をしていました——。

は-4-3 0887

電撃文庫

しにがみのバラッド。④
ハセガワケイスケ
イラスト／七草
ISBN4-8402-2656-3

白い死神モモと仕え魔ダニエル。彼らと交わった人々は、すこしだけ変わっていきます。闇の中に一筋の光が射し込むように。これは、哀しくてやさしい物語。

は-4-4 0922

しにがみのバラッド。⑤
ハセガワケイスケ
イラスト／七草
ISBN4-8402-2756-X

白い少女は、光を探していました。暗い暗い闇の中で、ずっと、ずっと。そしてやっと見つけた光は、少女に真実を告げるのです。そして、白い死神と黒猫は——。

は-4-5 0974

しにがみのバラッド。⑥
ハセガワケイスケ
イラスト／七草
ISBN4-8402-3042-0

白い花を呼ぶ音。振り返ると其処は、灰色の街。虚無と現実の果て。白い花の少女は、導かれるように灰色の景色の中を進み、枯れ逝く花の声を聴いたのです

は-4-7 1093

しにがみのバラッド。⑦
ハセガワケイスケ
イラスト／七草
ISBN4-8402-3121-4

ふたりは、そっくりでした。何処までも同じなのに、何処までも違います。白と黒。光と影。カゲとヒカリ。これは、白い死神と黒猫の哀しくてやさしい物語。

は-4-8 1126

しにがみのバラッド。⑧
ハセガワケイスケ
イラスト／七草
ISBN4-8402-3344-6

その白い花は、枯れ逝くまえにことばを届けました。〝光〟と〝影〟へ。けっして交わるはずのないふたりへ。これは、白い死神と黒猫の哀しくてやさしい物語。

は-4-9 1230

電撃文庫

しにがみのバラッド。⑨

ハセガワケイスケ
イラスト／七草

ISBN4-8402-3513-9

真っ白な少女は、空にたゆたっていました。電波塔の上。不思議なくじらが舞う世界。忘れものの森。少女は、死神でした。これは、白い死神と黒猫の哀しくてやさしい物語。

は-4-10　1298

しにがみのバラッド。⑩

ハセガワケイスケ
イラスト／七草

ISBN978-4-8402-3755-0

行ってくるね。白い少女は、精一杯に笑います。仕え魔のダニエルは哀しそうに、行ってらっしゃい。と応えました。そして少女は、透明な空に少しずつ消えていきました――。

は-4-12　1398

しにがみのバラッド。⑪

ハセガワケイスケ
イラスト／七草

ISBN978-4-8402-4185-4

真っ白な女の子がふわり訪れた。私の心に触りにやってきた。その子は自分を「死神」と言うけれど、私は思う。天使なんじゃないかって。真っ白くて、あったかで――。

は-4-16　1560

しにがみのバラッド。⑫

ハセガワケイスケ
イラスト／七草

ISBN978-4-04-867761-5

ダニエルは、モモのいなくなった世界で、ひとりぼっちで旅をしていました。モモが残した〝想い（カケラ）〟を拾い集めながら。これは、モモを巡る特別な物語――。

は-4-19　1747

しにがみのバラッド。リバース。

ハセガワケイスケ
イラスト／七草

ISBN978-4-04-868650-1

白い死神モモと黒猫ダニエルは、涙を流しながら、人の命を奪っていきます。これは、そんな二人の秘められたエピソードを集めた、哀しくてやさしい物語です。

は-4-24　1975